ショパンゾンビ・コンテスタント

Chopin Zombie Contestant
Ryohei Machiya

町屋良平

新潮社

ショパンゾンビ・コンテスタント

写真　木村和平
装幀　新潮社装幀室

ぼくが源元《げんげん》に、

「お前のこと、かいていい？」

あたらしい小説に、とたずねると、かれは「いいよ」べつに、と応えた。

いつものぼくの部屋。毎度のショパンコンクール。最近閉めきるようになった夜の窓。源元は真剣にＰＣの画面をみつめていて、ぼくのことばをきいていないようにみえた。

なので、

「というか、もうかいているんだけど」

小説、というと、もう一度源元は「いいよ」べつに、と応えた。一度目とまったくおなじように。

ぼくたちはぼくのアパートで、ショパンコンクールのサードステージをみていた。季節は十月。まだまだぬるい日と、真冬のような風が吹く日が交互にやってきていた。きょうは冬の日だった。源元はピアニスト志望だったのだから、みながら「ゴミ」「まあまあ」「ポーランドのクソヘタ」とかつぶやいていた。ぼくもピアノを真剣に弾くのは止めたつもりだったけど、源元におしかけられるままみていると、ついお気に入りのコンテスタントにはまってしまって、それはアジア系アメリカンのケイト・リウというのだけど、宇宙との言語交換をしているようなかのじょの瞑想的演奏にすっかり魅了されてしまっていた。ユリアンナ・アヴデーエワの優勝から、もう五年。ぼくたちはその当時ちゃんとショパンコンクールをみたことはなく、はじめてのライヴ鑑賞を、たのしんでいた。なんてったって、これを逃したらもう、次回開催は二〇二〇年だ！　ケイト・リウは技術的にきびしい場面いがい鍵盤をみない。ずっと天井をむいている。時折り目をあくときだけみえるなにかを、探しているみたいに。

ぼくがかきだした小説はこんな感じ。

源元は弱いものいじめをするのがすきだ。

かれには人望がある。動物にもどういうわけかすかれる。じつのところ、嗜虐性があるというのは生きものにとっていったん悪感情をもたれども、けして致命的にははたらかない。それは源元をみてはじめてしったことだった。いきものがいきものにきらわれる、それは嗜虐性とは関係のないもっと非意識的な言語レベルのはなしであり、つまるところ出会ったときに大体決まっている。あとは気づくのが早いかどうかの違いだけだ。

たとえば公園の猫と接するとき、かれは二度目にはその猫にすかれていたりする。こういうことは、人外の隔てなく、ときどき起こるのだった。一度目に眠っている、かなり人馴れている猫に寄っていき、いやなさわりかたをする。眠気を一気に飛ばしてしまう、本能に障るようなさわりかた。もっと慎重に、首のしたから頬にかけて、片手でツボを探るように馴らしていけば、さわらせてくれるはずの猫だった。もう寝てはいられない。猫は逃げる。かれは笑っている。しかし二度目には、猫はかれにさわらせる。みずから身を擦り寄せて。

人間の女にもそれとよく似たことが起きた。

「読む？」

と聞くと、源元は「読まない」という。

「なんで？」

「よむとイライラしそう。お前の小説」

「読んだことないだろ」

「ないけど」

なんか気がすすまない、という源元は、かれが目下肩入れしているエリック・ルーの二十四の前奏曲を聞き、目をきつくつむり、顎をあげ、音楽への没入をしめしたまま瞼で涙を止めていた。ケイト・リウとエリック・ルーは先生がおなじだ。ベトナム・ハノイ出身で一九八〇年のショパンコンクール覇者、ダン・タイ・ソン。だけど源元はぼくの好いているケイト・リウの演奏は酷評している。

「スピリチュアルを気どってるけど、いちおう伝統にも目が行き届いている、そのバランスのよさがしっくりこない……ポーランドの聴衆に愛されてるけど」

おれはすきくない、という。

しばし沈黙がただよった。夜のなか。ぼくの部屋は二階建て四室構成の古アパートの、階段をあがったすぐそばの六畳間だ。ユニットバスつき、二〇一号室。深夜に反対側の二〇四号室のアフロの男が帰宅すると、階段がゴンゴン鳴る。錆びた、鉄の軋む音すら鮮明にきこえる。しかしぼくはそのどでかい帰宅音に文句をいったことはないし、こうして深夜に大音量でとおくワルシャワからのライヴをながしつづけていても、まだだれにも怒られていない。部屋を閉めきってもどこぞから侵入するすきま風がさしこむ、音が風にまざってすごくきもちいい。真夜なかにきくピアノの音はとてもひびく。風がしずけさをきわだたせるみたいだった。

エリック・ルーの演奏がおわると、「ファイナルは、いったな」と源元はいう。満面の笑み。ぼくはポットから白湯をつぎたした。源元は充ち足りた顔をしている。

小説か……と源元は眠気と昂揚の共存しきったような、穏やかに暖色の肌色をにやけさせて、つぶやいた。

「お前の屈託を考えれば、お前のつくった小説なんて、へんにキラキラしてきもちわるいにきまってる……」

ショパンの苦悩にみずから深入りしていくようなエリック・ルーの演奏に、陶酔しきった恍惚のまま、そんな嫌なことといえるのがこのおとこ、源元。

「お前のことをしらなければ、よろこんでよむけどな、ことばがキラキラしてる小説は、すきだ」

書くのはすきにしな、という。

「ありがとう」

だれに求められているわけでもない小説を書きあぐねているぼくはじくじく嫌みな気分になりかけたが、小説のモデルを快諾してくれたうれしさが勝った。寝ころんだまま中空に両手をあげて、源元の指はピアノを弾きたがっている。パタパタと空気を叩いている。

ぼくの小説のなかの源元はその後、小説のなかで女のこにつめたくし、女のこにキラキラとすかれる。実際、女のこはやさしい放任より、誠実な奔放のほうが、紙一重ですきなんだ。こんなこと、小説にしかぼくはかけない。現実には、そんなこと信じてもいない。しかし書く小説の世界ではきっとそれでしっくりくる。小説のなかでも外でも、源元は体力がありあまって、才能がありあまって、勇気がある。つぎつぎ、どんどん他人の心をのぞいて、他人の才能を見尽くした気分になっては飽きてしまうのだろう。

源元には中学時代から七年もつきあっている彼女がいた。美容師志望で、文化への関心は人並みで、芸術にはさっぱり理解を示さない。その潮里《しおり》という女のこのこ

とを、

「もう、すきとかきらいとかじゃない。愛してるとかでさえない」

結婚してといわれたらウッカリしちゃいそう。と、源元はいう。

「でも、潮里ちゃんはお前のことすきじゃん」

「そうかなあ」

そうだよ、とぼくは心のなかで苦くおもっている。ぼくはずっと、潮里のことがすきだからだ。ぼくは、音大に入ってからできた唯一の友だちである源元の彼女の潮里のことが、すきだった。

源元はYouTubeからながれるショパンの連続をききながら、だらしなくゴロゴロ床に寝ころび、仰向けで窓の外をみて、「月だ」といった。磨りガラスのむこうで、楕円の月がゆらめいている。でもこの時間この角度でこのかたちでは、実際には満月でなく半月だ。ぼくは一応窓をあけてたしかめた。

「さむっ」

ぼくらは、外気のつめたさにおどろいた。深夜三時。おもっていた以上に真冬めいた風がふきこんできた。皮膚がピリッとした。

「なんで開けたの?」

「いや、月のかたち」

たしかめようとおもって……、とつぶやきながら、ぼくはいそいで窓をぜんぶ閉めた。

「突飛。おまえ、ときどきすごく突飛だぞ」

とっぴ? ぼくは股下に寝転んでいる源元をみた。

「小説にかいてることなんかより、お前じしんのほうが突飛だよ。絶対」

ぼくは半年で音大をやめた。フリーターになり、バイトしながら小説をかいている。べつに源元の才能に敗北を感じてやめたわけじゃない。なんとなくとしかいえない。なんとなく人生を懸けていたピアノを、なんとなく止めた。どれほどおもいつめても他人に説明できない、せつじつさがそこにあったろうか? それすらまだ、わかっていない。ピアノがいやになったのは事実。挫折ですらない。小説をかいているのも、ピアノをやめたのも、あんなに昔ピアノを弾いていたことすらも。ぜんぶ、なんとなくでぼくは時間をおくっている。なのに、ときどきすごくくるしい。くるしいのきもちの内訳が、くるしいときもくるしくないときもよくわかっていない。

自転車で二十分のところにある実家にはグランドピアノがある。音大をやめて家族と居づらくなり、気まずくなったことだけが理由で近所に引っ越してからも、時折りかえったときにさりげなくピアノを弾くぼくをみて、父親は「お前にはまったく、張りあいがない。こだわりというのがない、子育てという実感を奪われたかのようだ」といった。死にもの狂いで練習して、楽器にレッスンに鑑賞にといっぱいお金をかけてもらって、ギリギリ現役で音大にうかったあと、あっさりピアノをやめてしまったことを、うらまれている。そうかもしれない、とぼくはおもった。いまのぼくにはかぶりつくような生きがいや人生の張りあいというのがよくわからない。あんなに「夢」とおもって必死に練習していたピアノを、こんなに淡々とあきらめられるだなんて。はっきり面と向かっていわれたことですこし傷ついたのだが、傷ついた顔を親にみせる資格もなし、とおもって、すんとしていた。いわれた内容ではなく、いわれたことそのものに傷ついていたのは明確である。そう、これが甘えの感情。父親は五年のローンを組んでこのピアノをかってくれた。母親は反対した。さいしょはせめて、アップライトでいいじゃないといった。父親は、「いや、こういうものは最初にいい楽器を弾いていい音をしりながら育つのが」だいじなんだ、といって譲らなかった。ほんとうに才能がある音楽家になるには、ただしいとされる認識だ。だから音大にうかったときは、父親の説がただしいとされた。いまではむろん母親のたしなめがただしい。

その日ぼくが子育ての失敗を仄めかされたあと、ピアノに座ってしいんと沈んでいると、弟がやってきて「なあ、CDラジカセ」もってっちゃったの？　引っ越しのとき、といった。

「ああ、もってった」

「さいあくー。あれ家のでしょ」

「家のなの？」

ぼくはおうむ返しにきいた。

「いやいやいや、おれのだよ。あれ？　いや、おれの金じゃなくて父がかってくれたヤツだけど、まあおれがかってもらったもんだよ。いいよ。お前にやるよ。とりにこいよ」

「うそっ？」

「ほんと。でも」

いまどきの高校生がＣＤなんてわざわざＰＣいがいで聞きたいの？とたずねたところ、どうやら流行っているらしい。

「あじけない」

スマホでなんでもできちゃうのは、という。

「でも、いまどきショパンコンクールのウィナー発表の瞬間だって、インターネットでライヴでみれちゃうんだぜ?」

アディダスのパーカーとか着た、ティーンエージャーの若者が、いきなりショパンコンの入賞者になる瞬間とかがさ。

「え、まじで?」

やべえ、そんな伝統伝統している感じの、クラシックなヤツが、そんななの?と衝撃をうけている。素直な性なので、感情がおもてにでやすい。

弟はぼくの弾くピアノを横でしばらくきいていた。ぜんぜん指はまわらないが、ショパンコンクールで飽きるほど聞かされている前奏曲の、フィニッシュを弾いていた。今年から三次の課題に二十四の前奏曲が加わったので、いままさに連日別人の指から鳴らされる前奏曲を浴びつづけているのだ。

ダン・タイ・ソン―エリック・ルーの師弟コンビにならって、最後の低音のフォルテシシモを、拳で叩いた。横の音で濁らせないように右手でCEの鍵盤をそおっとおさえてDの単音を左拳で叩く。二回の重低音は、住宅街の隙間を縫ってどこまでも、すさまじくひびく。防音室のあつい壁をもってしても、物質のふるえが外に漏れでるほどだ。

ピアノの足に貼りつけていたA4サイズの紙に、伝説的ピアニスト、サンソン・フランソワがのこした「ピアノ技法のための魔術と呪術の秘密」十二の掟を書写していた。

I　各々の音は長く、長く、長く。

II　何より忘れてならないこと：指を悲しげに保ち、悲嘆にくれた指で演奏せよ。

III　否《ノン》。シャープの音を意のままにしようとしてはいけない。心を痛めつつ、そっと優しくシャープに到達しなければならない。

IV　フラットに関しては、永遠の解決である幹音（白鍵）に到達するまで、導かれるがままになること。

Ⅴ　もちろん、この努力は抽象論であり、おそらく理想でしかありえない……。鍵盤を叩きたいということ、それは、何もしないまま、指を天に委ねることになる。
Ⅵ　少しずつ向上していき、突出したいと願うようになる。
Ⅶ　あなたが演奏したいことを頭の中に描きなさい。
Ⅷ　努力はいつも理想の中にあり、高所に、また不条理へと向けられている。疑問を持ってはいけない。
Ⅸ　けれども、成果は挫折の中に、あなたの努力の失墜の中にある。疑問を持ってはいけない。じっと待ちなさい…
Ⅹ　なによりも勇気を持ちなさい。待つという大きな勇気を。つまるところ、これから起ころうとすることを、誰が知り得るというのか……いったい？（2分音符の長さがせいぜいである）
Ⅺ　このすべてを、それぞれの音符に。
Ⅻ　絶対的な法則。それぞれの音符が、つまり私が言いたいのはそれぞれの響きが、発せられ、聴こえ、意味を持ち、とりわけ鳴りはじめるのは、ただ一つの状態においてである。つまりそれは、さりげなく暗示するということだ。

「へえ」

まだうまいんだねえ、と弟はいった。

「へただよ。へたになった」

「けど、へたになったぶん、なにかをやってるんだろ？　表現ってなんかおれはよくわからないけど、あにきのような人間はなにもやらないでいるわけはない」

と、いやにきっぱりした口調でいった。

小説をかいていることはいっていない。

「なんでそうおもうの？」

「長年のカン」

「彼女とか、できた？」

とぼくはきいた。弟は、

「できた」

といった。

源元に、「いざというときのために、ショパンの協奏曲のオケパートを練習しておけ」といわれていた。ずいぶん気軽にいうが、オケパートだっていまのぼくにはむずかしい。ソリストとまではいかずとも、オケパートをしっかり弾きこなすほどのテクニックはない。だからそうしてときどき、実家にかえってピアノにさわっていた。

そもそも、「いざというとき」とは？

ぼくは、ともに現代を代表する巨匠となったダン・タイ・ソンとアンドレイ・ガヴリーロフ、若き日のモスクワ音楽院での友情物語を、おもいだした。

ガヴリーロフとソンはモスクワ音楽院で知り合い、性格的にも音楽的にもかなり異なっていたが、不思議と気が合った。

二人は一九八二年、四日間で二台のピアノのためのコンチェルトを四曲弾くというコンサートを行った。モーツァルトの《二台のピアノのための協奏曲》変ホ長調K三六五、メンデルスゾーンの《二台のピアノと管弦楽のための協奏曲》ホ長調、バッハの《二台のハープシコードのための協奏曲》ハ長調とハ短調。このコンサートのために、ソンとガヴリーロフは四十五日間集中的に練習した。

「ショーン、きみはモーツァルトのファーストを弾いてよ。これはメロディに高音部が多いから。それをセカンドが繰り返すときは中音域になるから、僕が担当するよ。きみは高い音域が得意だからさ」

「わかったよ、アンドレイ。じゃ、メンデルスゾーンはきみがファーストを担当してくれるね。ファーストのほうがヴィルトゥオーゾ的だから。僕はセカンドを弾くよ」

こうしたやりとりが事前に行われ、二人はアンサンブルを開始した。

最初は、互いに必死で音符を追っていたためアイコンタクトもできない状態だったが、日々リハーサルを繰り返すうちに互いの呼吸が飲み込めるようになり、最終的には相手をまったく見ずに、自然な流れで自分の入っていくタイミングがつかめるようになった。

「ショーン、楽しかったねえ。これがアンサンブルの妙味だよな。フィーリングでタイミングがつかめるようになるんだからさ」

「うん。初めは楽譜を見ているとアンドレイの顔が見えず、どうしたらいいかと悩んだけど、これだけ長く一緒に練習すると自信がつくよね。すべてが自然な流れでできるようになるんだから」

彼らは音をひとつひとつこまかく分析してリハーサルを行った。

今ではひとつの作品のリハーサルに、こんなに時間を費やすことはできない。ソンは、こうした時間の過ごしかたが好きだった。音楽する真の喜びが味わえ、ぜいたくな時間を音楽家同志で共有することができる。

現代は、何でも早く効率的に行うことが最善とされるが、ひとつのことにじっくりと取り組む大切さをガヴリーロフとの共演で学んだ。

ソンは、次第に室内楽の楽しさに目覚めていく。

などというピアニストどうしの清い友情にあるまじきことだが、ぼくは潮里に、「源元なんてやめなよ」「ぼくにしなよと、裏で何度もいっていた。

「将来苦労するよ、ピアニストの彼女にしても、ピアニストでない音大出身者の彼女にしても」

潮里は、ハイハイといって笑う。

「小説家志望のフリーアルバイターはどうなのよ」

音大中退の、という。お互いにふふふと笑う。

友人の彼女をすきになる。友人の彼女にすきという。友人の彼女にすきといいフラれる。友人の彼女にすきといいフラれたことが友人の知るところとなる。このような状況は、じぶんで考えていたより何倍もせつなく、何倍もフレッシュにあまやかだった。ぼくは愛情や独占欲はどうにかコントロールできても、潮里に「すき」

といいたいきもちだけがどうしても統制できずにいた。子どものころ、ピアノの先生に「フレーズのさいごの音をつよく叩きがちなのを止めなさい」と再三注意されても、けっきょく長年なおせなかったのと、おなじに。

　潮里はあまりだれのいうことにもふかくとりあわない。だけど彼女のこういうところにぼくも源元もやすらいでいるのは、明白だ。彼女は特別な女のこなのだと、ついおもってしまう。だれのいうこともとくだん興味ぶかそうでもなく、平気できいている。どうしても潮里にはなんでもぺらぺらしゃべってしまうし、バカにされてもいいとおもってしまう。接する温度がいつも、つめたくないから。しかし潮里はじっさい、だれにたいしてもそうした態度なのだ。源元もピアノを弾いていて、音楽的言語を、楽譜になった死者と交通するのにつかれて、すきでもないという潮里と遊んでいるのかもしれない。楽譜にうつりこんだ死者のことばは絶対だ。ねじ曲げるととんでもない呪いが跳ね返ってくる。音楽に誠実な肉体をつくりあげるには、ときに現世的価値観を裏切る場面に立ちあわざるをえない。現世的良識を遵守できない日が、いつともなしに訪れる。だれにも失望されたくはない。こうしてピアニストはレッスン室に連日十二時間も籠るというわけだ。幸福そうなピアニストなんて滅多にいない。潮里といるとやすらぐ気もちはよくわかった。潮里はひとのいうことを真にうけないから。好意も愛情もないからこそ、ふたりにはすごくつよい絆があるのかもしれない。

深夜二時のファミレスには、一卓を除きまったく客がいなくなっていた。潮里は「わたしレジ閉めの準備してよい?」とぼくの肩のしたあたりをすこし撫でた。ユニフォームの内側のぼくの皮膚が、すこしやわらかく、あたたかくなった。潮里は気軽にぼくの好意を弄ぶ。こんなのが、くせになっている。

「よいよ」

「よっしゃ」

潮里がコインを数えている。どことなく官能的。ショートカットの横の髪を目尻でおさえるように、一点をみつめて。ぼくは清掃から戻ったドリンクバーの機械を組み立て、元どおりにした。ポットに入れ換えていたアイスコーヒーとアイスティを機械に戻す。ポットを洗浄にだす。キッチンは無人だった。キッチンバイトの寺田くんは、控え室で寝ている。

もともと、夜型であるということがぼくと潮里の共通点だった。兄弟が多く親に放任されている潮里は、ファミレスの深夜バイトで学費を稼いで、美容の専門学校へ通っている。ぼくは源元の紹介でここのバイトをうけた。おれのかのじょがはたらいてるとこ、深夜が人手不足で困ってるから、どう?といわれて。それがちょうど音大を止めたころだった。

「じゃ、いちおう」

うけてみよっかな、バイトもしたことない世間知らずだけど。

「だいじょうぶ」

おまえはひとのことをよくみているから、と源元はいった。よくわからなかったが、面接もかたちだけといったていで、ぼくはバイトを獲得し、潮里にであって、それでいっしょに働くうちに、なんとなくすきになってしまって、なんとなく小説をかきはじめて、もともとすきだった読書もだんだん義務みたいにおもわれてきた昨今。ぼくは人生をどうしよう。空洞のキッチン。

一件オーダーがはいったので、寺田くんを呼んだ。控え室に鳴りひびくブザーの、ビー、ビー、ビーという音が、サービスエリアにいてもかすかにきこえる。しかし寺田くんはあらわれない。

ぼくは潮里に、

「寺田くんを」

呼びにいってくる、と告げて、控え室にむかった。向かいしな、潮里が返事をした、「はーい」というこえを、あたまのなかで反復していた。はーい。はーい。とてもかわいい。

控え室にはいってもあたまが潮里の声でいっぱいのなか、パイプ椅子みっつで器用に眠っている寺田くんを眺めみた。
「寺田くん。オーダー、オーダー。起きてください」
ねむっている寺田くんを揺さぶる。寺田くんはバチッと目をひらき、「しってい
る」といった。
「じゃあ、起きてくださいよ」
「呼びにきてくれるまでは、いいかなて」
あまえていた、と寺田くんはいった。かれはすごく小柄で、パイプ椅子みっつに
肩、背、尻を預けて寝ころんでいても、足が地面についていない。身長は「一五七
センチやねん」といっていた。
「足のサイズは二二・五センチやねん」
キッチンにもどった寺田くんは、寝起きとはおもえぬ華やいだ声をだして、「深
夜三時にパンケーキて」どないやねんといい、コック服のサロンを巻いていた。き
びきび引き出しを開けしめし、「ストックしとらんからウォークイン」冷凍庫やわ

ー、とでかい声で呟いて、閉じ込められたら死の確実な巨大冷凍庫を往来。手際よくできあいのパンケーキをあたためる。

「深夜帯も自然解凍ぶんを一個ぐらい」

もつべきかなあ、とひとりごとの連続。

潮里は、「つぎ、ブザーで起きてこなかったら」深夜の休憩禁止ねと、いった。ぼくには、「あ、定時プラマイゼロです」といった。

「いいやん」

バイト中に寝ても、いいやんと寺田くんはいった。パンケーキにバターをおとし、ホイップを添えている。これでいて寺田くんはとても作業がはやい。バイトスターのひとりだ。バイトスターがディナーにひとりいるだけで、まず提供十七分は越えない。どれだけ混雑していても。ふつうのバイト五人分のはたらきをみせるが、時給は四十円しかちがわないし、ただ職歴のながいバイトにすぎないのだが。

フロアにくり出してほかほか湯気をたてるパンケーキを提供し、戻ってくると、寺田くんはもういなかった。寝にかえったにちがいない、またキッチンはがらんどうになっている。

「パンケーキ、うまそう」

だった、というと、潮里はわらった。

「パンケーキ」

似合うよね、寺田くんに、といった。

「似合うね」

「心なしか盛りつけも心がこもってたし」

「提供時間ぎりぎりだったけどね、レンジ解凍だったせいもあるけど」

「しかしひまだね」

「ひまだね」

我々も労働時間をコントロールしよっか?と潮里はいった。ようするに、休憩にいけ、ということだった。

「散歩してくれば？」

ぼくはたまに、深夜に外をあるく。

「あ、そう？」

じゃあおことばにあまえて、といいつつ、ぼくはユニフォームのうえに私服のパーカーを羽織って、外へでた。

夜はつめたい。このまま冬になる。無人のアスファルトを蹴るトントンという音が耳にひびく。川がちかいから、うっすらさざめく水のざぱざぱいう音がきこえる。しかしあくまでも家々の建ち並ぶ、半都会の、無人の道をあるく。コンビニの灯りにほっとしながら。

ぼくはおもうでもなく自分の小説についておもいを馳せた。

源元のことをかいた小説は、頓挫していた。いまこの瞬間もぼくの家にいて、ショパンコンクールをみているのかもしれない。まだサードステージの最中だ。鍵を新聞入れの底に隠している。いちばん隠すつもりのなさそうな場所に鍵を入れているのは、ほんとうには家をあけはなったまま夜に出たい欲望があるせいか。

映画みたいに。きれいに絶望して、ぼくはいつでもべつの街へと、移り住むのだ。犯罪者みたいに！

現実にはそんな衝動すらもなく、ひたすら源元に仮宿を開放しているにすぎない。ただあまえているだけなのかもしれないが、「家よりここのほうが落ちつくし」寝られる、と源元はいう。

幼きころから近所にすみ、小学校で同級生だった潮里とふたたび高校をともにし音大を受験した源元と、専門学校にすすんだ潮里。潮里はある日、「その当時は、源くんがピアノを弾いていただなんて、しらなかった」ウソだとおもってた、といっていた。音大受験を普通校のカップルの片方がしらないなんてことはありえない。それこそウソだとおもうようなことだ。ぼくは高校三年時には一日八時間ピアノを弾いていた。

根気だけには定評のあったぼくがピアノを止めたいといったとき、同級生で「刎体ない」といったのは源元だけだった。他はふつうに変人か（なんらかの）ライバルがひとり減ったとおもうような者か、「英断！」といって羨ましそうにする者しかいなかった。

「勿体ない」

せっかくの、アレ……、ええと、才能？　努力？　が……、とへんにきまじめにいった源元は、つぎには「じゃあバイトでもすれば？」と提案した。

「あと、ひとり暮らしでもすれば？」

お金もちでもなく、育ちがよいほうでもなく、丸ごと中庸家庭にそだったぼくと源元は、その共通項においてのみまああはなせた。中流というのはピアノ科においてはまずまず異端だ。あとできくところによると、源元は大学のちかくで独居している友だちがいるといいなあと、漠然と願っていたらしい。

「実家の雰囲気が、あんますきくなくて……」

しかたなしに、練習しにかえってるだけ、という。べつに家族不仲というようではなさそうだった。ただ中流家庭にありがちな芸術コンプレックスにおいて、過度の期待と抑圧を与えられている、「気がする」らしかった。

やぶさかでない、とおもった。

「あとお前、夜型？」

「どちらかというと」

「ピッタリのバイトがあるぞ！」

それが潮里の働いている、ファミレスの深夜バイトだった。潮里はハードにはたらいていて、ときどき十八時から、翌六時まで、ということもある。ぼくはたいてい、二十二時から翌六時まで働いている。潮里はそのまま学校へいって、帰宅してから仮眠しているという。

「わたし、寝なくてもへいきなひとだから」

と潮里はいう。三時間も寝ればいいらしい。

でもそれでぼくが潮里をすきになって、潮里本人に、「源元なんてやめなよ」というのは、裏切りだろうか？　源元はそれをしって、「おまえ」とんだセンチメンタル野郎だな、といった。

「潮里をすきになるところまではまあわかるにしても、彼氏の座をライトに奪おうとしてくるなんて」

「だって、おまえ、潮里のことあんますきそうじゃないんだもん」

「んなこたあるかいな」

こんな会話も、ぼくの家で深夜にポテトチップスを摘まみながら交わしていて、なにもかも冗談みたいになってしまうのが、ぼくと源元と潮里という三角関係においてあたりまえになってしまっていた。

でもどちらかというとぼくは、潮里にたびたびすきということで、源元と潮里の絆をふかめている感じをもっていた。ようするに逆効果、それでもぼくには、やめられなかった。すきなきもちをやめられなかったし、それ以上に、すきな相手にすきと告げる鮮明な言語化は、いちど経験したら病みつきになった。

夜のアスファルトを、猫が横ぎった。ぼくなどそこにいないかのように、警戒もしない猫。視線も交わさない。源元をモデルにかいている小説の書き出しを、書き直しては捨てている。ときどき、まったくべつの書き出しをかいてみる。うまくいくものもある。三十枚ぐらいで止まっているものもある。約半年前にかきあげて公募にだした小説は、二次選考までのこっていた。誌面で名前をみつけたときは、「才能」を信じる権利を、こんなぼくでももってもいいのかな?とおもった。しかし「おめでとう」と源元にいわれると、ぼくは、「潮里にはいわないで」と応えていた。

「え、なんで?」

なんか、

「はずかしい」

ふーん、と源元は心底不思議そうな顔をした。これでも源元は音大のなかでは常識がつうじるほうだ。アパートをかりてからは、ぼくの部屋で動画サイトばかりみている。ピアノを弾く以外の文化的な好奇心が、源元には乏しい。ゲーム実況をこのんでよくみている。戦闘シーンがすきで、魔法で敵を一掃するシーンがあると、カチカチ時間を戻して繰り返してみていたりする。魔法に関心があるのかもしれない。源元の演奏も、学問というよりは魔法よりだ。霊感にたよった奏法を好んでする。一応楽譜はよく研究し、みるほうだけど、学友のあいだでも「ムラっけ」についてたびたび指摘されていた。ようするに研究と霊感が極限でせめぎあったら、まだどちらをどの局面でとればよいのか、だれにも相談できぬ領域で迷っているらしかった。現代っ子のご多分にもれずいくつものコンクールをこなしつつも、なかなかファイナルまではのこれず、二次落ちにもかかわらず「審査員特別賞」をもらったこともあった。スケール感だけはずば抜けているというのが、おおかたの評価であった。そういう意味で、「バッハやベートーヴェンは気はらくなんだけどなあ……」といっていた。建築性を優先させるのはまあ無難なのだから、イメージがへんに暴れないし、けどそのぶんおもしろく感じないし、ぜんぜん勉強も足りない。

小説は、パソコンのキーボードを叩いていても、ピアノを弾くほどには、魔法の呪文を刻んでいるような感覚にとぼしい。不思議な行いをしている実感がない。しかし異常行為だ。あたまのなかのビジョンをひと文字ひと文字ことばにうつしていくなんて。うっくつとしていて、しかしどことなく外界から遮られる感覚はおなじだけど、ピアノを弾くより上達実感がなく、ずっとたよりなくうすあまい不安がつづく。だけど実際にはよほど奇異なことをしている、という屈託だけ、積みあがるようだ。いちおう音楽言語にさわれるところまではいったのだという、音大時代の身体感覚だけは、忘れないようにしないと。だから源元とショパコンをみたり、源元と話したり実家のピアノを弾いたりすることは、いまだに重要なことだった。

あとは外をあるくことだけが希望だ。景色をみて、物音を聞くでもなく聞く。夜の匂いをかぐ。木々がさざめき、自然を読む。アスファルトのしたにつもった歴史のこえを聞き、季節の気配をうつしとる。本をよんでいても、小説をかいていても、きゅーっと頭がしめつけられるようで、それでいてピアノを弾き終えたときの、運動感覚がない。実際にソナタを一曲とおせば、汗だくになるのだ。それで必死に弾けていないとこをおもいだし、部分的に反復をくりかえす。

才能型のピアニストは、部分反復をくりかえすより、じっとその音楽について考察すれば、おのずと指はついてくる、たとえ時間はかかっても、反復練習を無為にくりかえしてはいけない、という。全体においてそのパートがなす役割をイメージすれば、弾きかたはいつしか定着する。なにも考えないでパート練習をしてそのときには弾けても、一週間後にはおなじ部位をおなじように間違える。そういった意見は色々な本で見聞きし、同級生にもそういう人間はいたが、ぼくは眉唾だとおもっていた。真逆をいう人間もいる。テレビをみながら、ラジオをききながら本を読みながらひたすら部分練習する、そのほうが純粋に反復のからだになって技術があたりまえになるから、そこまで指が自動的に回ってはじめて「解釈」が生まれてくるのだ、と。

ぼくにはどちらの感覚もわからない。

そういうことが世界にはありうる、ということは理解できる。しかし生理的には
わからない。からだ的には。
すこし空が白んできた。店に戻ると、ノーゲストになっていた。客のいない客席
ならぬ客席で、潮里とふたり、「ファミレスごっこ」をしているみたい。すずやか
なきもちになった。
「わたし、かえっていい？」
と、潮里はいった。いやだ、というつもりで、「いいよ」といっていた。
「やった」
うれし。寝れる。潮里はわらった。かえれるときに潮里がみせる笑顔は、「かえ
っていいよ」といわなければみられない笑顔だ。矛盾するようだけど、なんでも許
可してあまやかな表情ばかりをみていたい。
もっとはやい時期に、
「すきになってもいいの？」

と、きけばよかった、とぼくはおもう。しかしそれだけがどうも聞けない。冗談でも「だめ」といわれるのが、いまではきゅうにつらい。寺田くんが起きてきて、「そろそろモーニング用の補充せな」とつぶやいた。

「きみ、アイスコーヒーくれる？」

ぼくよりひとつ年下だが、この店ではぼくのほうが後輩なので、寺田くんはややぼくを軽視しているふしがある。しかしぼくは、他人に軽視されていたほうが、生活がらくだとおもっていた。それを見抜かれてか、慧眼なひとに限ってぼくを軽視し、適度に舐めた態度で接してくる。鈍いひとには警戒されている。とくに、なにをおいても他人に舐められたくないと、おもうようなプライドばかりの人間には、なにを考えているのかわからない、いきなりキレそう、とかいわれる。それは勿論、そのひとがそういう人間だから、相手も自分とおなじとおもいがちなだけだ。ぼくには、前者のほうが接しやすい。源元も寺田くんもそういうタイプだ。寺田くんにはアイスコーヒーにガムシロひとつ。

グラスをわたすと、「きみ、ガムシロ一個くれ」という。

「入ってますよ。よく混ぜました」

「きが利くなあ」

ガブガブ、と寺田くんはアイスコーヒーを飲み干した。着替えおえた潮里が、

「じゃあ、お先に失礼しまーす」ありがとね、といいのこし、かえっていった。ぼくは、潮里ののこした印象ばかり、追い求めてじっと潮里がかえった道をみつめている。潮里の幽霊を待っている。

「おもいつめてるなあ」

寺田くんはいった。カウンター越しには、肩からうえしかみえないときがある。背が低すぎて。

「そうかなあ。ふつうですよ」

「ぼくはチビやけど」

まあまあモテるんやで。寺田くんはわらっていった。

「わかります」

「ほんならいいけど」

五時になろうとしていた。


バイトをおえ家にかえると、源元がぼくのベッドにねむっていた。手にCDをもっている。イム・ドンヒョクのアルバムだった。片手を胸のうえにおいて、もう片手をだらりとさげている。朝の七時半。

PCはピカピカひかっていた。動画の終わったままの画面で源元の寝顔を照らしている。PCのひかりと朝のひかりは混ざりあわず、めいめいに勝手な方向にむけてひかっている。色も随分ちがった。互いのひかりがかさなった部分では、また色がちがった。両者のかさなるのが源元の寝ている顔のよこのシーツのあたりだった。どういう作用でかわからないが、よりいっそうしろい五角形が、源元の顔のよこをひかっていた。

「おい」

ぼくは源元の腰を蹴った。カバンをおく動作と源元を起こす動作を同時におこなった。源元は起きない。ぼくは起こすのをあきらめて、止まったままのＰＣでワードを起動させ、小説をすこしかいた。

ＰＣのひかりが変化する。文字をパチパチうっている時間は、べつの人生を生きている。意識がない。交通している。演奏家が楽譜を介して過去の作曲家と交通し、歴史と交通する。自分はここにある。しかし自分は複数あって、どの自分ときめる意思決定の権利は個にはない。ぼくはパソコンをつうじて、文学と交通したかった。自前のハンマーで、文学をコツコツ叩く。このハンマーがぼくのオリジナルの手がかり。そうしてヒビを入れて、反応をみ、いけそうならば壊してしまおうとする。しかし、実際には壊れない。ヒビは修復され、あとにはまったくべつのかたちになった文学が生き残る。

源元は起きた。ぼくは、腹へったというだろう、とおもった。実際には、「あー」

腹へったわー、といった。

「エリック・ルー、ファイナルいったぞ。ケイト・リウも」

そして、そうつづけた。しっていた。

「そう」

「イーケ・トニー・ヤンもいった。十六歳。これでダン・タイ・ソン門下は三人だ。へんなジャッジだ」

「うん」

「でもな、選考てのはいつもへんなんだよ。毎回その、へんさが違うだけだ」

「うん」

ぼくは、窓をあけた。

すらーっとつめたい風が吹き込んできた。

「でもな、選考てのはいつもへんなんだよ。毎回その、へんさが違うだけだ」

と源元がいうと、電車がきた。ぼくと潮里は、源元のことばについて考える間もなく、電車にのった。

「じゃあな」

と源元は、わらって手をふった。ぼくと潮里は、ドアのむこうがわで手をふった。ドアが閉まると、ぼくたちの視界の側では窓のしたの銀色部分が源元の足元を隠していた。細ながい上半身が、斜めにうつった。ぼくの目。潮里が隣にいる。

電車が走りすぎ、源元はいなくなった。源元がいないのは、ふしぎだった。ぼくと潮里、ふたりきりで、これからどこへいくというのだろう。とりあえず、ボックス席の向かいに腰かけた。潮里のスカートをおしあげる膝頭に、ぼくのジーパンの生地ごしの膝が、コツッとあたった。

「さっきの、源くんの、なにについていってたんだろうね」

と、潮里は窓の外をじっとみている。真夜なか。草むらがすぎゆき、家々がすぎゆき、駅がすぎゆき、ひとが乗降してゆく、そのくりかえしでいつしか車両にふたりきりでいた。

「一般論だろ」

きっと、といいながらぼくは腰を折り曲げて、潮里の手をつかむ。潮里はこっちをみない。ぼくはずっとその姿勢のまま、ぼくじしんの体温を潮里の手におくりつづけていた。

「すきでもないあなたと、すきな源くんをおいて、旅することになるなんてね」

いっていることはつめたいのに、潮里の声はあたたかかった。ぼくはうれしくなった。

「月が」

まるい、といってうえをむく潮里の顎がみえた。

ぼくがあらたに書き出して、また没になりそうな小説の冒頭について語ると、

「福井とかにいきそうだね、その設定なら」

カニたべたいし、と、潮里はいった。

「カニ?」

ええなあ。

「ほないこか」

福井な、とキッチンで会話をきいていたらしい寺田くんはいった。

「いかないよ」

福井なんて、とぼくはいう。

いやあかん。

「もう旅だつモードになってしもうた」

スマートフォンで宿をとる。ぼくは、明日も三人ともバイトのはずだけど、とおもったけどそれ以降は黙っていた。寺田くんがお金もちなのはしっていた。

永平寺をみて生を感じ、東尋坊をみて死を感じ、カニをたべような、ぼくら。

寺田くんがいう。ぼくと潮里はだまった。深夜に茫洋としていた。

東京駅についた。

「あ、ぼく名古屋の実家のほう寄っていい？」

一瞬、と寺田くんはいった。

「名古屋なの？　実家」

「そやで」

「ややこしい」

事情が、とぼくはいった。

「米原経由とそう変わらんし」

たぶん、という寺田くんの方言のコテコテがどこからきているのか、きく体力がぼくたちには残っていなかった。当然のようにグリーンチケットを三人ぶんとる。だれも家に寄らず、バイト終わりに朝の東京駅のホームにたつ。七時半の新幹線は出張に赴くサラリーマンでごった返している。ねむくて、どうしてこんなことになっているのかわからなかった。自分のかいた小説よりよほど奇抜な現実がくり広げられている。とにかくはやく電車に乗り込んでねむりたかった。

すると、源元が見送りにきた。

「おい、お前ら」

マジメにいくのか、と源元はいった。潮里がメッセージしていたらしい。

「源くん！」

潮里はうれしそうにした。なんだかんだで、旅だつまえにあうとこんなせつなそうに、いとおしい顔をするんだから、けっきょくだいすきなんじゃん、とぼくはガッカリした。小説にかいたより見送りは感傷的で、やっぱあの書き出しは没だ！と怒りにまみれるような気分でぼくは決断した。

潮里は源元の手を握り、抱擁した。ホームドアに寺田くんとぼくで、乗り込むひとがぼくらを邪魔だとおもっている。

「きみもくる？」

ついでやし、寺田くんはいった。

「いかん。おれは」

ショパコンを見届ける、と源元はいった。

「おい、お前のすきなケイト・リウはゴージャスな協奏曲を弾いたぞ。ちょっと音楽の線は細いけど」

「そうか」

よかった、とぼくはいった。

「ほないこか」

「源くん」

またね、と潮里はいった。涙をふいた。朝のひかりが車窓を銀色にひからせている。ぼくはなにをどうおもえばいいのかわからなかった。ひたすら眠い。

「あいたかった」

ほんまに、と寺田くんはいった。

「あいしてるで」

ともいった。名古屋駅から地下鉄を五駅はしった駅近くに寺田くんの実家はあって、しかし「いまいまのタイミングでは実家にいきたくない」という。そうして近所に住むという恋人とあい、抱擁をかわしていた。

寺田くんに恋人がいたなんて、きいていなかった。名古屋駅から黄色いラインの地下鉄に乗り換えるときに、「恋人に」あいたいねん……といったときの寺田くんのかお。ぼくはぎょっとした。バンドのフロントマンがバラードの出だしをうたうときの顔になっていた。

そうして目の前ではハッピーな映画のエンドのような抱擁。

「いっしょだね」

身長、と潮里はいった。一五七センチの小柄な寺田くんと、寺田くんの彼女だという黒髪の、後ろ毛に一部リボンのような飾りを結んでいる女の子は、おなじ高さで抱き合っていた。

「寺田さま」

ほんとに寺田さま？と、その子はいった。

「ほんまやで」

チカ、と寺田くんは女の子の名前らしい音をいった。

地方都市のさらに地方都市という雰囲気の街並みだった。駅からすこしあるくと、家々の間隔が、東京よりだいぶせまい。屋根からのびる空が、秋らしくたかかった。紅葉した葉がところどころにおちて、すっかり湿っていた。東京ではずっと晴れていて、名古屋でもいまは晴れているのに、この街の地面は湿っていた。昨晩あたりざっと雨がふったあとのような快晴だった。

寺田くんはチカという女の子を離し、ジロジロと顔をみると、あらためてであったかのように、「かわええなあ」といった。

「寺田さまも」

素敵です、とチカはいった。ぼくと潮里は必ずしもそうおもっていなかった。しかし、ふたりには似通った高潔さがある。みているほうが背筋をすこしただしてしまうような、ひかる粒子をふりまいている。ふたり揃うと、寺田くんは英国紳士の一九〇センチ、チカはロイヤルでオーソリティーな箱入りのプリンセスだった。置いてゆかれている。ぼくら、スペクタクルを覗いている気分で、数十メートル離れた抱擁の連続を眺めていた。ステージの観客ですらなくて、舞台袖にいる気分だった。福井はどうしたのだろう？　時刻は正午前。太陽がいきいきとのぼってゆく。こうして待っていれば、ぼくと潮里の出番もいつかやってくるだろうか？

「すきだよ」

ぼくも、とぼくは潮里にいった。ありがとう、といって潮里は爪をみた。さかむけ。

「爪きりもってないよね？」

もってるわけないか、と潮里はいった。ぼくは黙った。ロマンチックの濃度差がすごい。ぼくは俄然酔いたい。寺田くんとチカはふたたびの抱擁に走っていた。

「ぼくにとっては、ほんまにカワイイ許婚《いいなずけ》やねん」

マジにぼくの理想そのままやねん、顔とかだけでなく、外面も内面も、チカを包む空気感も、チカと世界、チカと風景との関係性も、完璧やねん、みんな目に映るものをしんじるけど、みんな目に映ってるのはおなじじゃないねん、おなじじゃないことも、おなじなことも、証明できん、チカの目とぼくの目に映る世界をいちいち確かめあって生きたい、三歳ではじめてあったときから、この感覚は変わらんねや、と寺田くんはいった。

特急しらさぎの向かいあわせた席に座り、ぶり返す、別れがたい恋人との別れがたさにぼろぼろ泣いている。泣きながらいっている。

潮里はきいているのかきいていないのかわからない表情で、じっと車窓のむこうを眺めている。雲が透けて裏がわの色がみえていた。西のほうの土地特有の空だ、とぼくは根拠なくおもった。いまはズンズン北上している。寺田くんにおねだりしてかってもらったビールをがぶがぶのんで、ほとんど寝ていない全員はふかく酩酊していた。

「バイト……」

やばいかなあ、とぼくはつぶやいた。潮里はあい変わらず外をみていて、寺田くんはぐしゅぐしゅ泣いている。特急は敦賀あたりを通過した。

「ばっくれよう」

潮里は微笑んで、ぼくの手を握る。ぼくはその手の熱さにおどろいた。

「せやな」

ちょっとおなじ店に居つきすぎたわ、ぼくも、という。店長もぼくに気をつかいすぎるタイプやったし、そろそろやな。

ぼくは、内心「それはどうなの？」とも「そうしよう」ともおもえず、なにかをおもう資格はいまはないというふうに酔っていた。

「ぼくら、なにげに、真剣にナイトオペレーションはおぼえてるし、マジメやし、他店舗にヘッドハンティングされよう」

話つけとくわ、と寺田くんはいった。

「そんなこと、できるの？」

「きみがちゃんとがんばって働いててえらかったからやで」

きほん、と寺田くんはいった。

「なんなの？　なんのむすこなの？」

どういう権力者なの？という ぼくの質問を無視し、「はあ、チカ、どうして」あわれへんのや、と寺田くんはいった。こっちがききたいことだった。どうして寺田くんとチカは離れて暮らし、いま折角再会したところなのにすぐさま離れてゆくのだろう。どういう事情か。しかしききたいことがありすぎるとききたいことがないも同然の無気力に陥った。好奇心がたかまるのに沿って、眠気もどんどんたかまった。

潮里もあくびをしていた。

「わたしも源くんにあいたいな」

とつぶやいた。

「ぼくは？」

ぼくがいうと、

「ぼくじゃなくて」

源くんにあいたいな、といって意地悪そうにわらった。ほそながい首の皮膚が赤らんで、体温が放射されているのが目にみえそう。ぼくはせつなく眠りにおちた。


気がついたらカニをたべていた。

酔いがさめたのはその越前蟹のほそい足を丁寧にパキッ、中身をほじくって吸っている一瞬だけで、「上品な味だね」とぼくはつぶやいた。はじめてたべるカニだった。

そうして空腹が紛れるとさらなる酩酊。アルコールのなかでだけ繋がる記憶のうちに曹洞宗らしいきびしい生活と自然がいきいき発揮された永平寺と、自死のロマンをきわだたせるかのような東尋坊に打ちつける波と、空間と自然物との境界のあいまいな崖の先端で、酔いが回っているぼくはうつ伏せに寝そべったりしていた。ほろほろした脳が、頭の先でみた波の打ちかえし、映画のはじまりのような破裂音、永平寺でみた巨木にむした苔などの、観光の風景を繫げては点滅させていた。パチパチと記憶が、脳にまぶしい。東尋坊へつづく道沿いでは大量のカニ、カニ、カニ。クール便のマークが賑やかにその暗い風景と生活とを共存させていた。

「命を大切に！」

夕食を終えてふろにつかり、次には川にのぞむ旅館の、テーブルを囲んで、ぼくらは座っていた。またもや酒をのみ、さきいかや歌舞伎揚をたべていた。

テーブルには iPad をおいていた。テレビ電話がつながっている。画面の向こうでは、源元がピアノの練習をしている、手元だけがうつっている。

バッハのインベンションを弾き、そのあとはずっとショパンをやっていた。ソナタのop.58を弾いている。解釈がパチッときまっている。テクニックがビジョンの輪郭を丁寧になぞっている。第一楽章の提示部が冗長にならないのも、息のながい源元のフレージング感覚と運動神経の接続がなせるわざだろうか……。ふつう、テクニックをつくりながら楽曲分析をふかめ、フレーズの息のながさなどを摑んでいくわけだが、「このソナタでは内容や構造の外側を丁寧に埋めていくイメージ……」とある日つぶやいた源元はこの三番のソナタをもっとも得意としている。

「とはいえ、第四楽章かっこよすぎる問題については」

まだうまい解釈ができてないけど、とまれ消去法的なアプローチをとるといいぞ、アグレッシブは危険、抑制に次ぐ抑制を……と説いていた、しかし実際の演奏をきいてみると、源元が消去法的と指していたアプローチがだいぶアクロバティックであることがわかる。源元が潰していった技術的可能性の難度が、たかまりすぎたせいだろう。第四楽章では三度目に提示された主題のモンスター的性格が、丁寧なアプローチと、左手の運動神経にかけられたつよい負荷によってはじめてうかびあがる、さながら朝もやけを丁寧な手つづきの音楽でつくりだしそこに浮かび上がる未知の怪獣めいた、とかいうと源元は「うるせえ、」その印象批評ふうの比喩やめろ、これだから小説家志望は……という。ぼくは怪獣ずきだった。

先生には、上手いけど……、「第一楽章のくせがすごいな」といわれていた。

「このこ、なかなか見所あるなあ」

みいってしまう、と寺田くんはいった。さきいかをくっちゃくっちゃと嚙んでいる。浴衣がはだけて乳首までみえている、寺田くんの咀嚼音と窓下でながれる川の音が混ざった。するとシュワシュワというような音がする。音量をすごく絞っているので、ピアノの音はごくかすかにしか聞こえない。それでも北陸の空気に届けられた源元のピアノは澄みきっていた。潮里は顔が赤くなっていて、目を瞑り、籐椅子のひじ掛けにだらりと折り重なっている。胸でバランスをとっている。ほとんど寝入っているようすだった。

「許婚って」

どういうきもち？とぼくはきいた。寺田くんは、「しずかな……」きもち、といって目をほそめた。寺田くんはふだん声量がしぜんにおおきい男なのに、酔うと大人しくなる。声の出しかたが違うようではない。ただ響きが、音ならぬ音に阻害されて、うまくひびいてこない感じだ。

「さみしい」

きもち？

「ゆたかな」

きもち。

「しずかで、たのしい、しあわせな」

きもち、だけど、ときどき感情が、あふれるような、めずらしい、

「きもち」

ハハッと寺田くんはわらった。自嘲ぎみに。

ぼくらは一泊して、東京へかえる。

ぼくは自分の人生にたいして、まだ絶望すらしていないというのに、なぜかしら疲れきっていた。


ステージ上で源元がショパンのプレリュードを演奏していた。op.28のフィニッシュを、弾いている。自分の絶望を、音の一粒ずつにのせている。ぼくは、源元がうらやましかった。

隣の潮里に、ささやく。

「終わったら、どこかいきたい。どこか遠くに……」

潮里は、あくびではないけれど、口を大きくひらいて息をファーと吐き、

「源くん、ぜんぜん」

間違えないね、といった。

「弾けるからね」

源元は。ぼくは先ほどの提案が無視されたかなしみをどうしようかと惑いながら、

いった。源元が最後の音を拳で叩きつけるまえには、どこかへ旅だってしまいたかった。

現実に、源元はコンクールにのぞんでいる。ダン・タイ・ソン－ショパン・ピアノコンクールという、日本国内にアジア圏のコンテスタントまでが集まるコンクールで、すでに源元は一次予選を通過していた。

ショパンコンクールと冠する小コンクールは世界中にある。ダン・タイ・ソンは幼少のころ、ベトナム戦争のさなかにあり食うも困るかといった環境のなか、戦闘機がとびからうしたをピアノをたよりに生き延びて、アジアから初となるワルシャワショパコンのウィナーにまでのぼりつめる。ベトナム・ハノイからはるかワルシャワまで！　そういった若きショピニストを支援すべく、優勝者にはスカラシップを、そしてもちろん、ファイナルの特別審査員に、ダン・タイ・ソンはやってくる。源元はスケジュールのひとつに入れていたそのコンクールにむけ、かねてから集中的にショパンに取り組んでいた。

源元は、才能があるからうまく絶望できていいなあ、とおもった。ぼくにはそれがなかった。小説でも、うまく絶望できていない。みんな絶望している雰囲気を勝手に読みとるのは上手だ。だけど絶望する才能すらなければ、ぼくら途方にくれるだけだった。

練習曲は op.10, op.25 のなかから任意の一曲という課題設定だったのだが、源元はエチュードを練習するときには、たいがい数曲を連続で演奏していた。時間的によゆうのないときも、かならず前後は弾いた。ながれを重視しているから、

「一曲だけピックアップすると変になる」

むしろおれのあたまのほうが、と源元はいった。

レッスン室はあかるくてしずか。鳥が窓から気軽に入ってきそうなしずけさだった。六時まで練習してるから、お前のバイトの前にめしでも食おうぜ、という約束になっていた。

「どこで?」

「お前のバイト先」

「なんで?」

「いってみたい」

新しいとこ、と源元はいった。源元はファミレスがすきだ。

「まだ働きはじめて一ヶ月だから」

気まずいかもなあ、とぼくはいった。寺田くんのはからいで、自転車で十五分の位置にあるおなじチェーンの他店舗に、ぼくと潮里と寺田くんはうつった。店舗スタッフの充実ぐあいと折衝し、寺田くんはすこしシフトが増え、潮里はすこしシフトが減り、ぼくはおおむね前の店舗と変わらなかった。

「待って」

レッスン室の予約あと十五分、モーツァルトだけ弾きたい気分、といって源元は九番のソナタを弾いた。ぼくは聞くでもなく聞いて、窓のそばに寄っていき外をみた。したで学生が水を撒いていた。こんな季節に？　肌がさむざむしくなった。なにかで汚してしまったのを、水で洗いながしているようだった。三四人の頭と顔が、三階からの角度によってみえたりみえなかったりした。だれも声をださず、たんたんと赤いレンガづくりの道を、洗いながしていた。ぼくは、一年前までこの大学に通っていたときの感覚を、丸ごと失っていた。短いソナタは第三楽章にはいった。

そのあとファミレスに移動し、ぼくの入りの時間である二十二時まで、食事をしたり、本をよんだり、ダラダラしたりしていた。

「また、お前の家で眠る」

いいだろ？と、源元はいった。

「いいけど、ショパンコンクールは」

終わったよ、とぼくはいいつつ、珈琲を啜った。寺田くんがきて、控え室に向かっていく途中、一度とおりすぎたあとで、もどってき、「おー、」おふたり、といった。

「まぜてまぜて」

という前に、座っていた。潮里が、お冷やをもってやってくる。もう夜の九時だった。

「この店、中継がないから」

やりにくいよ、といい、潮里はトレンチを胸の前で平たくした。お冷やを持ってくのとかシルバーセットとか、いちいちサービスエリアに戻らなきゃいけないし。

「非効率」

潮里はその時間、ひとり営業だった。

キッチンも高校生のたかしくんがひとりで回している。客席は三四席埋まっていたが、もう料理提供はおわっていた。

「ほうか」

いっとくわ、と寺田くんはいった。

「だれに？」

とぼくがいうのと同時に、「どう、練習」捗ってる?と潮里が源元にいった。

「おお。ショパンばっかでつらい。モーツァルトに浮気」

おれは強気、と源元はいった。ハハッ、と寺田くんだけがわらった。

「どう、小説」

捗ってる?と潮里がぼくにきいた。

「捗ってない。書き出しては捨てている。登場人物がぜんぜん」

機能しない、とぼくは応えた。

「登場人物って」

源くんのこと?　そう。ぼくが応えると、潮里はトレンチを顔にまでもちあげて、
きゃはっ、と笑った。

「だって！　源くん」

機能しないって、源くんが、といった。

「しらんよ」

源元はタバコをすった。寺田くんは、「お前、吸うんか、ゲー！　ほな」さいなら、といって、控え室にはいっていった。

「もう一回、はしから、一次予選から」

ショパンコンクールをみたい、と源元はいった。ダン・タイ・ソンの門下生はこぞって入賞し、二〇一五年は半ばダン・タイ・ソンのコンクールだったと囁かれた。ぼくが好いていたケイト・リウは第三位、源元が推していたエリック・ルーは第四位、十六歳のイーケ・トニー・ヤンが第五位にはいった。三人とも、メインで師事しているわけでなくとも、ダン・タイ・ソンの審査棄権マークSがついているコンテスタントだ。ワルシャワショパンコンクールのライヴは即座に録画され、公式にアップされている。

「二度目では、イーケ・トニー・ヤン」

に引き込まれた、と源元はいった。朝の六時半。ぼくの部屋で、ずっとショパンコンクールの二周目をきいていたらしい。

「審査員のダン・タイ・ソンがショパンコンクールを制した年は、アルゲリッチがポゴレリチの二次落ちに抗議するかたちで、審査を放棄してかえった」

ポゴレリチ事変の時やなあ、と寺田くんはいった。

「だって、彼は天才よ！」

って、ぼくもアルゲリッチにいわれたいなあ、と源元ではなく寺田くんがいった。ピアノ弾いてないけど。

寺田くんもなぜかぼくといっしょにきていた。朝のひかりに徹夜明けの肌が照らされ、オレンジ色に反射している。

「くわしいなあ」

ムダに、なんなの？　母上につきあわされて色んなとこで聞いてたらいつの間にやら、

「くわしくなってもうた」

「母上？」

「ホロヴィッツの生コンをみたことを定期的に自慢する」

母上。

ポゴレリチはその後、みずからの落選は「審査員同士の政治的な要因によるもの」だったと告発した。アルゲリッチは、ダン・タイ・ソンをウィナーとする一連の最終結果に不服があるわけではない、とコメントし、ウィナーとなったダン・タイ・ソンに祝電をおくったという。ただポゴレリチのまがうかたなき天才にたいし、正統ポーランドのショパン解釈は、しんじつどうだっただろうという疑問が世界的に呈された。果して「ポーランドのショパン」は二〇一五年のいまでも「ポーランドのショパン」なのだろうか？

——ショパンの作品を解釈する上でのもっとも危険な間違い、演奏する上でのもっとも困難な挑戦は、何だとお考えですか？

――ショパンの解釈でもっとも危険なことは、「ロマンティック」な方式で表現することです――ショパンはロマン派の時代に身を置いていましたが、彼の本質は革命家で、彼の音楽はきわめて大胆で前衛的でした。ショパンの革新性を表現せず、ほかのロマン派の作曲家と同じようにロマンティックに表現するのは、ショパンの精神に根本的に背くことになります。ショパン演奏の難しさは、演奏者に真心と誠実さが求められることです。ショパンの音楽はわずかな虚偽も許しません。それは私が永遠に目指している方向でもあります――私は自分が信じない音楽を信じない弾き方で演奏したことはありません。(イーヴォ・ポゴレリチ)

「イーケ・トニー・ヤンには、混じりっけのない才能があるのかもしれない。もし才能に、混ぜものがないとしたら」

こういうかたちをとるのかもしれない、と源元はいった。イーケ・トニー・ヤンはすっと天井を見、おりてくる音楽的恩寵そのままに、集中が最後まで途切れぬよう、きよらかな祈りを営む。かれはじぶんの集中がどんなスタイルをとるか熟知しているようにみえる。辛抱づよく、その時間の条件や環境を超越したみずからの集中の彼岸へ、わたっていく儀式を、追求している。そこからはじまる、どこまでも自由なる風景への没入。

「わかくして成功し、きらびやかでフワフワしたイメージが、日本のみならず定着しがちなショパンの二面性」

苦悩ときりはなされることはついぞなかった、祖国へのおもい、魂の欠けたようなパリでの日々、それでも、それなりに生活は華やいで……

源元のせりふをききながら、寺田くんはぼくのベッドにねむってしまった。小柄なので、ベッドすらもオモチャみたいにみえてくる。足からしたのあまった部分にからだを折り曲げて「逆Tの字」のかたちになれば、もうひとりよゆうで寝つけそう。

ぼくはなにもいいのこさず散歩にで、モーニングの喫茶店ですこし小説を書き継いだ。家にかえると源元はいなくて、寺田くんがベッドに寝ている。寺田くんはいままさに睡眠の最高潮、という顔で寝ている。「チカ……チカ……」あいしてるで、とぼくが寝言を捏造してアテレコし、携帯で動画を撮ってみた。それをみて、きも、とつぶやいた。ぼくは部屋を大雑把に片し、布団を敷いてねた。

目ざめるとまだ午後の一時半だった。三時間しかねむれていない。からだを起こす間際の浅い夢の段階で、朝に書き継いだ小説はあきらかによくなかった、と失望しきっていた。源元がコンクールにのぞんでいる、つづきの場面である。あのまま書きすすめるわけにはいかない、捨てよう。こんなふうだからいつまでたっても小説はできあがらない。心底ぜつぼうした。ぼくは捨てた枚数を誇るような小説を、書きたくはない。

寺田くんが家にいたことをおもいだした。

まだいた。ぼくが寝ついたときとそっくりおなじ、うつ伏せの姿勢で眠っていた。枕にたいして、顔を横にしている。キッチンにむかう。寺田くんの足の裏がみえた。

ちいさい。そういうオブジェみたいにちいさい。

すー……くすー……

という寝息をたてている。ぼくは珈琲を淹れた。ひきつづき、書けない小説のことでぜつぼうしていた。いまごろ源元は、ショパンの準備をすすめているだろうか。練習ができていいなあ、とおもった。小説に練習はない。書いて読んで、書いて読んで、その反復で上達に繋がると盲信できるほど、自分に酔えない。反復練習すらもうまくすすめられなかったから、ぼくはピアノを止めたのに、いまでは反復にあこがれている。

技術的に難しいぶぶんは、本家ワルシャワのショパンコンクールでも落としているコンテスタントはおおかった。とくにエチュードでは、音楽的にどうかとおもわれるテンポルバートで難所を潜り抜ける者も多くいた。

ボーッと珈琲をのんでいると、寺田くんが、「ぼくのは?」といった。

ぼくはすっかりひとりでいる気分だったので、かんぜんにギョッとした。寺田くんをみる。からだを起こすようではない。目をつむっている。

「ぼくの珈琲は？」

やはり、そういっている。

「のむの？」

「のむわ」

のむやろ、と寺田くんはいった。

むくっと起きあがった。枕元のスマホをとりだした。ぼくは画面をぬすみみた。

メッセージをうっている。相手方の表示が「チカたん」となっている。

……　おきたで。おはよ
とうっている。もう午後の二時だった。

寺田くんのぶんの珈琲を淹れて戻ると、窓から初冬の陽ざしがさしこんでいた。

わずかな風もはいってくる。空気がやらかくなってきた。きょうはぬくい日。

「はー」

寺田くんはいった。

「このへや」

おちつくわ、とテーブルに片頰をつけた。

「またくるわー」

といって、荷物をまとめ、あっという間に消えていった。珈琲は半分のこされていた。数秒後に、

……　珈琲ご馳走さま
というメッセージがきた。福井旅行までおごってもらっていて、珈琲ご馳走さま、というメッセージは……、感じたことのない感想をぼくにもたらした。

潮里にあいたくなった。きょうのぼくはシフトが休みで、潮里はシフトが十八時—六時でひかれているはずだった。あいたかった。

ぼくは手ぶらで散歩にでた。

さんざあるいて、コンビニにはいった。陽はしずむとこだった。空の青い部分が巨大なオレンジ色に侵食されようとしていた。

なかで潮里にあった。潮里はマンガ雑誌を立ち読みしていた。

「あらっ」

きぐうだね、と潮里はいった。

「うん」

そうだね、とぼくはいい、袋菓子と酎ハイとおにぎり一個をレジにもっていった。貧乏小説家志望のぼくはコンビニで一度に買い物していい額の上限は五百円ときめていた。

買いおわっても、まだ潮里は雑誌をよんでいた。ぼくも横にたち、すこし雑誌をよんだ。金銭感覚においては、なんといってもぼくと潮里はちかしい。寺田くんは別格として、源元も一応千円の外食ができる境遇だ。だけどぼくらはいつも、つかってしまえる環境がきたら、お前らよりも大胆にザクザクお金をつかってしまえるんだぞ、とおもっていた。

ほんとうは、よく潮里がシフト前にこのコンビニで立ち読みしていることをしっていた。

「なぁ、ちょっと座ってこうぜ」

外で、とぼくはいった。カフェにつれていく甲斐性もない。しかしぼくはそんな自分に、内省的に酔っていた。

「いいけど」

わたしきょう、なにもお金つかえない、社食ですますから、といった。だだっ広い駐車場で、ぼくらはすわった。車止めの出っぱりを車両二台ぶん占領しても、まだまだ駐車スペースは空いている。ぼくは袋菓子をあけた。

「たべる?」

ご自由に、というと潮里は無言でつまんでいた。ぼくは解放的な気分になり、夜にとっておきたいはずの酎ハイをのんだ。

「あつい、あつい」

肌が、といってジャージを脱ぎ、半袖になった。潮里はしばらく黙っていたが、「筋肉ついた?」といって、ぼくの二の腕をまじまじみた。

「ピアノやめてから、運動不足で」

腕立てしてるから、とぼくはいった。わりにすてばちな気分になっていた。

「へー……」

潮里はつかつかと歩みより、車止めひとつぶんの距離をつめ、予告なしに、ぼくの腕をさわった。

というより、握りつぶす、ぐらいの勢いのさわりかただった。筋肉がついても、細腕には変わりない。力をいれても、潮里の掌を膨らませることもできない。

しかし潮里はにぎにぎ、にぎーとずっとさわっている。顔があつかった。

こんなことは、世の二十歳そこそこの男子はみんなしていることだ、と自分にいいきかせた。飲み会とかにでかけないから、ぼくがしらないだけで、コンパであつい→脱ぐ、のながれなんてふつうにあることなんだ。想像力を発揮するべくもなく、テレビのなかでそういうことはおこなわれていた。テレビのなかでおこなわれているということは、実際にはいにしえのむかしから、ずっとやりつづけられてきたということなのだ。

ぼくはえんえん二の腕をさわられながら、ジビジビと酎ハイをのんでいた。このことを、寺田くんに相談したい、とおもっていて、頭のなかではすでにその場面がうかんだ。モアモアと相談用の寺田くんがあらわれた。ぼくはたずねる。これはなにかのサインなのかなあ?

「いけるやつやで!」

正味、とあたまのなかで寺田くんはほがらかにわらっている。潮里は、はっ、という顔になって、

「あ、家に、忘れ物」

しちゃった。サロン。洗いっぱなしだ、といった。潮里の作為のない思い出し顔

はほんとにカワイイ。

「取りに帰れば？」

「じゃあ」

いっしょにくる？という。いくいく。


イーケ・トニー・ヤンにはファイナルへいく準備も、想定もなかった。協奏曲は第一楽章しか弾いたことがなかったという。かれにとって今回のショパンコンクールの主眼は、五年後にむけた経験を積むことにすぎなかった。

どれだけのパニックと、プレッシャーの共存か。ぼくはおののく。ろくにオーケストラとの共演経験もない十六歳が、op.11の協奏曲を弾く。こんなにみじかい時間でショパンと付き合う、心づもりではなかった。しかし、オケがたっぷり四分も鳴らしたあと、ピアノにとっての第一音となる、重要すぎるその和音をおさえるべき時間はやってくるのだ。

ながいともみじかいともだれにも捉えきれない、トニー・ヤンじしんにも規定されることのない、しかしげんみつな四分は、たしかにながれさった。

子どものころのトニー・ヤンは内気で、両親以外のだれとも口を利かず、子どもどうしでも口を利かず、唯一気を許していた友だち源元のうしろにかくれてばかりいた。ピアノを弾くときだけは、大人のような顔になる。つまり現在と同じ天才を宿すときの人間の顔になる。源元はそんなヤンに「ばかだな、堂々としてろよ、おれは天才なんだぞって、顔をしてろ」とよくいってやった。


というところまで、散歩中にかいていた。

潮里にみせると、またきゃはっと笑った。

「源くんはこんな面倒見のいい」

子どもじゃなかった、すっごいワガママで、だれかのことを待つということがなかった、といった。そうして、子どものころのアルバムをみせてくれた。

幼なじみという概念がそこに写っているようだった。ぼくは子どものころの潮里の写真をみてあまりのいとおしさにぽーっとしてしまい、自分もそこに参加している気分になって、手を繋いだら「やめてよ」とマジな注意をされたのでビックリした。

子どものころの源元が、こちらにむけて「バカ」といっているとしかおもえない口のかたちをした写真があった。

潮里の部屋は散らかっていた。女のこらしい部分もない。しかし部屋にいれてくれたということは、そういうことだ。いきなりではモラルに反するにせよ、いずれはなにかしらの可能性を考えてしまう。ファンタジーをつむいでしまう。潮里はそもそもそういう男女のヌメリがすきじゃないことはしっている。ぼくの好意と源元のまなざしを熟知しながら、精神的な二股をいつもかけているのであり、だったらぼくの肉体もファンタジーにしてしまえたらそのほうが余程しあわせなのであった。

「でも」

すきなきもちをどうしよう、とぼくはいった。

「どうにかしてよ」

でないと、遊べないでしょ、と潮里はいった。ぼくは、はじめて潮里の内面はちょっとギャルかヤンキーみたいなものなのだな、と気がついた。

「でもすき」

なんだけど、というと笑って、「さわってあげたでしょ」、腕、という。ぼくはガッカリした。あれはサービス精神でやってたのか。男のうっくつや自己嫌悪と表裏一体のプライドをくすぐるなんて、なんていけない女なんだ、とぼくは憤った。

「わたしもうすぐ出るから」

枕のにおいでも嗅いでおきなさい、といわれた。ぼくは潮里の枕に顔をうずめて、しばらく眠りと覚醒のさかいをたゆたいながら、この女はいったいなんなんだ、とおもっていた。現実にはポロポロ涙をこぼしていて、いわゆる「涙で枕を濡らす」事態になっていたわけだけれど、ぼくにあるのはうすあまい幸福感だけだった。

「起きて。よかったね」

枕をあてがわれて、と潮里はいい、すでに出かける準備を調えていた。なにその他人事。枕は女のこらしい要素のない、薄っぺらい平らなつくりで、青い枕カバーがところどころよごれて色が濃くなっていた。だけど、あまりにもいいにおいだったのでぼくはビックリしてしまった。

ぼくら、並んで家をでた。

外は風が吹き荒れている。沈黙がちに横をあるく。ぼくには、この女の哲学がわからない。自分のことをすきな男にヌメリを許さず、それ以外をすべて許容することの懐のふかさはなんなのだろう。枕を嗅いでまでしてなお、この女の変態にふかくふかく驚いていた。一年ほど恋しておいて、更なる意外が全身をふるわせる。もっとやわらかくふつうの女の魂に恋をしているつもりだった。

かわいた日ざしのにおいがする。鼻腔はもう、潮里の枕のにおいと太陽のにおいとを混同していた。

ぼくはかなしみでボロボロ泣いた。

「なに泣いてんの？」

きも、といった潮里の表情は、発言の内容をまるで反映しないやさしさでいっぱいだった。そんな顔をされたらまたすきになっちゃう。ぼくはおいおい泣いた。夜にはまた、源元がくるだろうか？　涙で夕方がみえない。


潮里をファミレスにおくって手をふり、川まであるいた。潮里の枕をあてがわれた一瞬は、やはり眠りのがわにあったのか、からだがかるかった。読書や執筆で文字を追ったり、文字を生んだり、文字を消したりする行為に伴うかたまった首の凝りが、吹き飛んでいた。

しかしかなしい気もちが精神を巣くい、川をみると皮膚の一ミリうえが踊るように、ゾワゾワとつらい。ぼくはイヤフォンを耳につっこんだ。

入賞後にトニー・ヤンがガラコンサートで弾いた、プロコフィエフの戦争ソナタ

op.82とop.83をきいていた。

――いわゆる《戦争ソナタ》ですね。

――いいえ、《KGBソナタ》です！　人々はこれらのソナタを《戦争ソナタ》と呼びますが、プロコフィエフはこれらのソナタの初稿を第二次世界大戦前夜に書き上げていました。彼は十の楽章を同時に書き上げ、それらを組み合わせて三つのソナタにしたのです。第六、第七、第八という順序で書いたわけではありません。ですから、この三部作は戦争を表現したのではなく、全体主義統治下のソ連の生活、特務警察の恐怖を描いているのです。（ウラディーミル・クライネフ）

そのあいまに弾かれた幻想のポロネーズでショパンにつなぎ止められる。すばらしかった。トニー・ヤンの才能は純正ショピニストという感じではない。

いつのまにか日がくれていて、夜空に星がひかった。おおきな星は雲と溶け合い、群青と溶け合い、斑にぼやけた。星座を切断する濃い雲は、しかし月をかくすようではなかった。月は丸いかたちをずっと夜空に透かせ、ひかりを響きわたらせていた。

　スマホがふるえた。

　……　ねえ、どこ？

　という。源元だ。この時間には家に戻っているつもりだったから、鍵を携帯していた。アパート敷地内の共用部で、ぼくを待っているのだろう。ところどころに草の生えた、土と小石の混じった、雨の日には粘りけのある地面が靴裏にはりつく。水はけがわるいのだろう。春には土筆が生えていておどろいた。アパートの敷地を主張する煉瓦の隙間からこんなかわいい季節が生えてくるなんて。共用部の目的のなさがぼくには心地よかった。源元が立ち尽くして携帯をさわっている場面が浮かぶ。

　あと一時間は待たせよう。

　イヤフォンは鳴りつづけているのに、川のながれる、ざぱざぱいう音と、草の揺れる音が耳に届いた。ますます潮里のことをすきになって、ぼくは途方にくれた。

この星にべつの女のこはもういない。

……ねえ

……どこ？　まだ？

……お――――うい

……シーン

携帯はふるえつづけている。こうなっても源元はけしてあきらめない。ひとりでは帰らない。そういうさみしい男だった。そうしてぼくは、ろくに他人と話す気力もないというのに、どうしても源元にのみやすらいでしまう心がからだに仕舞われているのだった。かろやかに悔しかった。

さむい国へやってきた。

あらゆる辛苦はたえがたく、艱難は解きほぐせぬ、そんなさむい国へ旅だった。

パトロンである寺田くんは、腕を組んだまま虚空をみつめ、ブルブルふるえている。

「なにも、こんな極寒をえらばんでも」

あるやろ、他に、なんか、適度に、北欧とか、しゃれたかんじのとこが、と、ふるえるついでのようにいった。

目下にえんえん氷がはっていた。

爪先でぎゅっと踏みしめる、しばらくは、ツルツルとすべるだけ。しかし五度目、六度目に踏みしめると、深い内部でめき、といった。それから全体に亀裂が走るのは一気だった。きもちいい。自分の足元を中心に、台形が折り重なるように波及していく氷の破壊。

ぼくは、源元のコンクール制覇を、とおいさむい国で祈っていた。この地のつめたさがからだの奥底まで浸透したらそこではじめて、小説を書くのだ、と決意していた。

という書き出しを二次予選前日の源元にみせていた。

「あんまでてこないじゃん」

おれ、といって源元は不服そうに眉間に皺をよせた。ぼくはそれについてとくにコメントせず、あたらしい珈琲を淹れにキッチンへたった。

源元は自分の本番前日でも、浴びるように二〇一五年のショパコンをきいている。ぼくのベッドにゴロ寝して。

「やっぱファイナルはエリック・ルーがいいなあ」

好みの問題だけど、と源元はいった。はあ、がらにもなく緊張してきた、一次がいちばん緊張するとおもってたのに、「寝れん、わるいが、朗読をたのむ」。

村に移った当初は、まだピアノはなかった。

ハノイからスウェン・フ村までは四つの川を渡らなければならない。ほとんどの橋は空爆で破壊されている。陸路で楽器を運ぶことは無理である。

「ソン、ピアノがくるわよ。音楽院のアップライトがくるのよ。水牛に乗せたんですって」

ある日、リエンの嬉々とした声が響き渡った。ハノイ音楽院からピアノが数台やってくるという。

ソンは今か今かと首を長くして待ち続けた。

ハノイから村までは七三キロの距離。クルマだったらすぐだが、水牛がおもちゃのようなワゴンを引っ張り、その上にアップライト・ピアノを乗せている。四本の川はほとんど橋がない。歩みは遅々たるものだった。

一カ月後、村のみんなは一斉に近くの川まで走って行った。今日はピアノが届く日だ。

ソンは川岸にすわり、目を凝らした。

何時間そうしていただろうか。川の向こうで何かが動く気配がする。大きく揺れながら、物体がこちらに向かってくる。

「水牛だあ、水牛がきたぞー。ピアノがきたぞー」

だれかが叫んだ。

ソンは立ち上がり、跳び上がった。リエンも背伸びをして目を凝らしている。

ゆっくりゆっくりと、何頭かの水牛が泳いでくる。その後部には確かに何か積まれているようだ。

「ワーイ、ピアノだあ」

子どもたちが騒ぎ出した。大人たちは肩を抱き合い、顔をくしゃくしゃにしている人もいる。

水牛たちは必死で前を向いて泳いでいる。川面に半分顔をつけながら、大きく息をしながら精一杯足を動かしている。

ワゴンは水浸しだ。ピアノはほとんど水中に浸かり、いまにも落ちそうである。

「頑張れー、頑張れー」

みんな水牛に合わせるように、ひと泳ぎひと泳ぎ近づいてくるその動きに合わせるように、一緒に呼吸をしていた。

ようやく水牛が陸に引き揚げられ、ピアノが全部姿を現した。弦も切れ、ペダルは錆びつき、ハンマーもない。ボロボロのピアノが陸に引き揚げられた。まるで瀕死の状態で陸に打ち上げられた大きな魚のようだ。

みんなでそれを丹念に修復した。

数日後、ピアノはようやく弾ける状態になった。

生徒全員が代わる代わる弾くため、一番小さなソンは一日に二十分鍵盤に触るのがやっとだった。

それでもピアノを弾いている時だけは、戦争のことが頭を離れた。

源元はコンクール期間中はすべての人間がじぶんの才能に奉仕してとうぜんだと考えるふしがある。ダン・タイ・ソンの自伝的この物語、ある種の童話的語りがやさしく、すごく口腔に心地よい朗読ができる。ゆっくりゆっくりよむ。いつも一頁もよまないうちに、源元は寝息をたてる。すくなくとも、寝たふりをする。そういうジンクスをふたりで完成させている途中なのかもしれなかった。

ほんとうに体調がいいときは、ぼくはじぶんの朗読に感極まっている。ソン先生の物語は、ぼくには音としてきこえる。活字が物語を紡ぐ線はゆるやかに、とつぜんに音楽に切り替わっていて、ぼくの耳が泣く。源元のからだは寝る。

きこえているのは、ダン・タイ・ソンがソリストをつとめ、ショパンが生きた時代にちかしいオーケストラ編成と、レガートの利きづらく硬質なタッチのフォルテピアノ、当時の鍵盤音楽のあるべきかたちを再現したピアノ協奏曲 op.11 の、第二楽章だ。

作曲時のショパンの思慕がダイレクトに染みわたるよう……

けれども、そんなのは曲の背景を物語として読んでいるだけなのかも。ぼくは音楽を音楽としてきいていないのかも。音楽を物語としてしか、きけないのなら……

源元には、どうきこえている？

実際には鳴らしてもいない、ダン・タイ・ソンの、古楽器版、コンチェルト op.11。本をよみあげるじぶんのこえをききながら、ぼくのからだは鳴ってもいない音楽をききつづけている。

音楽は源元に託し、ぼくは小説をやるけど。

ぼくの認識には、小説がちゃんと、ことばそのもののかたちとしてひびいているかな？


翌日の本番はとてもうまくいった。これならファイナルまですすめるだろう。客席できいていたぼく、寺田くん、潮里は、「おおむねうまく弾けてましたな」といいあった。

「マズルカの拍に対する姿勢に」

再考の余地ありやなあ、という寺田くんに、なんでそんな詳しいの？といぶかしげな顔で睨む潮里。

「きも」

男きも、と潮里はいった。寺田くんはかがやかしい笑顔でぼくをみた。マゾヒスティックに恍惚を与えてしまっている。ぼくはふつうに戸惑っていた。

本家のショパンコンクール同様、このコンクールでも、練習曲でもつれるコンテスタントは多く、あからさまな弾き直しに発展するケースもあった。

そんなときぼくは、風景をみる。

ステージの奥行き、天井の底なきくらさ、まばらな客席のしたにおちているプログラムの切れはし、かわいた空気に混じるその季節のにおい。

座席の材質の手ざわり……

弾き直しのコンテスタントが、明日をあきらめたまま、うつくしいエチュードをひいていた。op.25-11〈木枯らし〉。下降する右手の超越技巧にあわせて鳴りひびく、左手の重低音。和音のリズムは存外にいきいきと起っていた。右手の超越技巧を支える左手にこそ主題のある、この左手をしっかり立体にしないと、次の最終曲へ繋がる効果は段違いになる。じっさいにはかれは、〈木枯らし〉でこのコンクールを締めくくるのだが、ほんとうにはエチュードの最終曲〈大洋〉がすぐに弾き継がれることによって、ショパンたりうる深層がくっきり描きだされるのだから。

ぼくは、認識をあらためた。

ほんとうには、明日をあきらめてなんかいないのだ。

過去をおもい、音楽をおもい、指をまわし、躍動する全身の筋を接続させることによって、はじめて〝いま／現在〟がつくりだされている。

ガッカリするのは弾きおわってからだ。

ぼくはボロボロ泣いて、拍手した。コンテストではマナーに反する。見しらぬコンテスタントの、失われた明日にたいして拍手してしまった。

明日からはまた、コンクールではなく、音楽そのものにだけむきあって、孤独に過ごす〝いま／現在〟をつくりだしていかねばなるまい。それはとてもむずかしいこと。とおい国にいく描写をかいても、とおい国は読者のあたまにうまれない。輪郭をふちどるように、世界がそこにあることをコツコツ描写しないと。風景を、印象を、周縁を。

あらゆる知覚は0.0000000000……秒遅れて認識されるものだから、ふつうに暮らしていてはだれも〝いま／現在〟を生きていない。

みた風景を、きいた音を、かんじた匂いを、いままで生きてきた経験に照らし合わせて認識するまでの0.0000000000……秒、意識不明。その0.0000000000……秒の遅れの、針をわずかすすめるための運動は、ようするに未来予知と同等の困難が生じる。ピアノを弾くなら、おおいなる何百年を遡って生きる、当世の音楽家の生を生きる、そんな不可能性のアクロバティックを、楽曲分析と演奏という運動との関係のなかでのみ果す。楽譜という死者の書をよみ楽器を用いて再現する運動のさいちゅうにおいてのみ〝いま／現在〟まさに、
ショパンを生きる冒険を。

遂げるためのながい道のりをあゆむ、コンテスタントのそれぞれの生。生のかがやき。その影を追って、ピアノは会場に鳴りひびく。

いまを生きる困難を。

明日を生きる容易さを。

過去を生きる安心を。

何度も何度も確認して、はじめて〝いま／現在〟がだれかとのあいだに共有されるのであって、こんなことは通常、だれにも理解はされない。説明では至らない表現のきびしさ、孤絶だけがそこにある。だけど、だれにもわかられないままで演奏なり小説なりを、完成させておかなければ、聴衆も読者もうまれえない。演奏家の認識からわずかおくれてピアノが鳴り、更におくれて聴衆は音をきき、更に時がながれて音楽になる。ごくまっとうに生きてひとは未来のほうを向きながら、遅れた現実を生きつづけるしかないわけで、それはまるで過去を生きているみたいで、しんに〝いま／現在〟を生きるなら学問か芸術しかない。

星座が結ばれたときにはもう、運動はおわっている。

——おもしろいことに、《超絶技巧練習曲》とロマン主義文学は深く繫がっていて、ゲーテやユーゴーらの作品と相通じています。ロマン主義が極点に達すると物語は消えてイメージと画像だけが残ります。よく「言葉が終わったところから音楽が始まる」と言われますが、音楽が「語ろう」としているのは「言葉」では表現できないことなのだと思います。

しかし《超絶技巧練習曲》を弾いて悟ったことは、ロマン主義の極致に至ってはもはや「語る」必要はなく、物語も筋道も消えて、ただイメージの世界だけが残るということです。そして、やっとリストが何を考えていたかを実感することができました。――彼はもっとも困難な技巧を通して、ロマン主義の極致を表現しようとしたのです。最終的に残った純粋な表現と画像に、技巧は「消失」しています。ですから、《超絶技巧練習曲》を最後まで練習するのは、今までに経験したことのないプロセスで、技巧の極限は「技巧が無くなる」ことであり、技量も技量ではなくなるのです。動きに意味がなくなったところで、演奏が芸術に変わります。リストはこの十二曲を「Etudes d'execution transcendante（超絶技巧練習曲）」と名付けましたが、「transcendante」の形而上的な「超越」という意味は、精神的な超越で

あり、技巧のための技巧は消え去っています。（グウィニス・チェン）
——ギリシャ語で「芸術」を「技巧（techne）」と言いますが、哲人たちは早々とその境地が高ければ両者は表裏一体で相通じると見抜いていたのでしょうね。

「ショパンだったのは、源元だけやったなあ」

深層と表層をかろやかに、往き来するフワフワ感、そう、まるで二〇〇五年のショパコンで、一位、コンチェルト賞、ソナタ賞、ポロネーズ賞、マズルカ賞、オーディエンス賞までを総なめにし、ショパンの生まれ変わりと称されたラファウ・ブレハッチのように……と寺田くんがいうのを、ぼくと潮里はきいていなかった。ホールからの帰り道。

潮里は「さむい」といって、ぼくのズボンのポケットに手をいれてきた。あるきづらかった。ぼくは太ももがサワサワして、とてもまっすぐには進めない。

寺田くんは潮里がそうしているのをあたりまえのようにうけ流し、「よかったわあ」きて、といった。あの源元という子には才能がある、ぼくはこんなことそうそうおもわない、数ヶ月ぶりにたいへん感銘をうけた。さむい、さむい、潮里は右手をさかんにじぶんのズボンにこすりつけて、左手をぼくの右ポケットに入れつづける。

ぼくは困った。若干のうす気味わるさまでおぼえるのだった。きもちよさが困惑との相乗効果を果していた。ポケットのなかで、潮里の手がもぞもぞ動くたび、底意のない女のこの、ほんとの怖ろしい魂をしる。

源元は本選へとすすんだ。通過者一覧のはられた掲示板で名前をいっしょにみつけたとき、ぼくはチラッとよこの源元をみた。源元はそのよこの潮里をみていた。くろいシャツに灰色のズボンをあわせた、シックな源元に、寺田くんは「えーっ、すごいやん」と感激していた。あれほど源元の演奏を絶賛していたのに、いちばん陽気になっていて、気張りや、ぼく応援しとるで、と興奮していて源元はあきらかに醒めている。自分より昂揚している寺田くんをみて醒めている。

「このあと先生と打ち合わせだから」

じゃ、といって源元は去った。潮里はすこし追いかけて、廊下を曲がったところでかるくキスを交わしたことを、ぼくは推理しないわけにはいかなかった。推理というより、現実にちかしき隠されたシーンだった。そうしないはずはない。

戻ってきた潮里に、

「あったかか？」

きもち、と寺田くんがいった。

「うん」

これで充分、と潮里はいった。そんなことのあとに、手をポケットにいれられて、ぼくは……、ひとことすら口を利けずにいる。


音大にはいって半年ほどたったある日、きりきりとピアノの練習をしていたとき、ぼくは一年前より時間のすすみが随分はやくなっている、ということに気がついた。

そのことに心づいたのは、源元とはなしているときだった。ぼくは訥々とベートーヴェンの後期ソナタの崇高についてはなし、一面的に捉えられているショパンの表裏一体のあやうさについてはなし、現代音楽への関心をつかず離れずともちつづけることの重要さ、などをはなした。

「そっかそっか」

いろいろ考えてるんだなあ、と源元はいったとおもう。そのときに、目の前のこのどこで出あったかもわからない、なぜこうして時たまはなすようになったのかもいまでは忘れてしまった源元というピアニストとしての才能にあふれた男が、会話的言語にあまりすぐれていないことがぼくにはわかった。悪しき単純化をするのなら、「ろくになにも考えてない」。

演奏する運動神経がすぐれているとき、それは演奏にそぐう言語領域が発達していることを意味する。だから人間どうしで通じあう言語がかならずしも発達していなくとも、明晰な言語感覚が伴っている。文章言語や音楽言語のみが異様に発達してしまうということも、往々にしてありうる。会話言語においても、発話言語と傾聴言語ははたしておなじものか？　ひとの話を聞く能力だけが突出してすぐれているひとも、なかにはいる。この世界のことばの外へ、宇宙や死後や生まれる前へとむかう言語領域がぐんぐん伸びて、はじめて演奏は千年前の作曲家の語法をわかる。それこそが現代社会にコミットする最適解だとぼくはおもっていた。過去を尊重し、未来を活かすために、いまの言語を目一杯犠牲にする。いい換えれば、叩いて壊して再生する、変容を厭わない。

それが芸術と才能の関係で、その能力の圧倒的差異をかんじとってしまったあの日は、ぼくの十八歳。

すでに入賞歴も数多い、優秀な同級生たちとしゃべったあとに、わけしらぬ自己嫌悪に悩まされ、毎朝嘔吐していた。毎晩飲酒していた宿酔いのせいだけではなかった。ぼくが源元に一所懸命はなしていたことは、他の学生の博識にあてられてはなしていただけで、ものすごく粗雑な影響がそこここに散見される、広義の政治とゴシップとを音楽にアレンジしたにすぎないような内容だ。

源元とはなしたあとだけ、吐気は止んだ。ひとりで散歩をしているときのこころよい感覚を、損なわずにおなじ風景をみることができた。だからぼくはピアノを止められた。指先から胃液を吐くようなことは、もうやめたかった。小説をかくようぼくに進言したのも、源元だった。お前、いちいち論がつよいんだよなあ。そんなにひとのことばを自分のことばみたいに上手に語れるなら、

「かいてみたら?」

小説。

「小説?」

かかないでしょ、ふつう。小説なんて、ばかみたい、といった。音楽に比べたら小説なんて。あんな愚鈍な営み。だけどぼくはいつの間にか小説をかいている。一作しあげた以外は、書き出しだけで滞っている。だけど、昨日かいた物語の夢を明日も繋げられるだろうか?と自問するときには、たくさんの現世的重荷から逃れら

れているのかもしれない、とおもいたい。

パラレルワールドはいつだって大災害で、カタストロフで、いまぼくがコツコツかきつけることでかろうじて、未来が保たれているのだと、信じたい。ぼくのばあいそれはピアノではなかった、小説だった、と信じている。いまのところは。

源元のショパンをきく。ケイト・リウの、エリック・ルーの、イーケ・トニー・ヤンのショパンをきく。ショパンの二百年前の〝いま／現在〟を、各人の〝いま／現在〟に繋げている。そういう才能はぼくにはなかった。

うらやましいとともに感謝している。才能あるひとたちに。ぼくには才能がない。ぼくは才能がないという地点からぼくの〝いま／現在〟を出発したい。

だれかの〝いま／現在〟に繋がりたい。

それは才能がないから願えることで、きっと才能があるからには願う想像力がない。願う資格がない。まるでしあわせになる資格がないみたいに。才能は周囲をしあわせにするけれど、本人はしあわせにしない。宿る肉体をしあわせにしない。才能の恩恵に与かった周囲も才能の持ち主をしあわせにしない。したいのにできない。感謝も感動もいつしか廃れていく。天才は覚醒剤を打って宿る肉体を奮い起たせる。天才を維持するのはむずかしい。天才は現象にすぎない。人間ではない。人間が人間の言外へすすむ束の間の運動にすぎない。

言外へむかう肉体はしあわせではない。

永遠に〝いま／現在〟の幻影を追いつづける、霊感というライヴのくるしみだ。ピアニストがリハーサルであまりにもうまく弾けてしまったために、「本番であれ以上の演奏ができるわけない」と控え室に閉じ籠る。つねに明日がきょうを乗り越えなければいけないという生の根源的なくるしみを、ライヴ演奏は可視化する。天才は、〝いま／現在〟を限りなく膨張させ、いっしょにいるひとにみせる現在の拡張、それは明日の夢。なにより言外の言外だ。

ぼくは源元の肉体に宿った、一瞬の天才をみた。しかし証明はない。ぼくにとってかくということは、才能への劣等感を素直に認め、天才の宿りやすい肉体を、わずかでも慰めてやることだ。それこそすごく傲慢なことだとはわかっている。しかし才能に破れたぼくは才能に感謝しているし、ありがたくもきちんと挫折できたことに恩返しをしたい。

もうすこし、ゴテッとした散文のかたまりを、ぼくはかきたい。読者によまれる時間を、巻きこむような。しかしいまは書き出ししかかけない。まるで宿命みたいに。

じつのところ、書き出ししかかけていないという現状を、ふかく気に病んでいるわけではなかった。じぶんでいうのは不遜かもしれないが、ぼくはまだ若い。小説をかく年齢としては、まだ情緒がソワソワしているのだろう。

というと源元は、「そんな考えで、社会にでたらどうするんだ」といって、道端の小石を拾い、側溝に空いた穴におとした。それをなんどかくりかえした。側溝がすきなのだと、源元はいう。

「社会……」

って、わからない、とおもった。

ぼくはつぎは二十一歳で、社会のことを考える適齢期のようにもおもえるけど、その実社会というのは社会へのあこがれがなければ入れないものなのではないか？　いやいやながらの雰囲気をだしながら、なんとか社会に寄り添う、その振る舞いこそが社会なんだ。

「だからまだよくわかってない」

というと源元は、「ふうん」といって、ずっと側溝ばかりみている。夕方。

という書き出しを書いて潮里にみせると、「すきなの？　源くん」側溝、という。

「いや、想像だよ」

都合のいい、フィクション的な。ぼくは洗浄から戻ってきたシルバー類をたんたんと片づけていた。銀が熱をもってあつい。とくにナイフの平たい持ち手があつい。

「でも、こう書かれると、そうとしかおもえなくなってきた」

側溝？

潮里のせりふに、ぼくはたずねた。

「側溝、すきかも」

源くん……。ファイナルの準備が忙しく、最近はろくにあえていないという。源元のショパンコンクール。

「側溝をプレゼントしたい」

と潮里はいった。ぼくはなんだか毒々しいきもちになる。源元と側溝の双方に嫉妬。じぶんの小説に端を発した嫉妬。バカげている。

「高そうだね」

側溝。ぼくはつぶやいた。ディナーが混んだのか、戻ってくるシルバーの量がものすごい。潮里はぼくの書き出しのかかれたA4用紙をもったまま、ずっとさぼっている。ラッシュでフルにからだを動かしたあとなのだろう。ディナーの喧騒の余韻のようなものを、肌に宿している。ぼくにはわかる。運動にあたためられた潮里の頬のつや。そしてぼくの小説を契機に、源元をおもっている。ぼくはつらいよ、つらいんだ。

シルバーが熱すぎるが、つぎつぎ片づけないとあとの作業がどんどんおしてゆく。火傷まではいかない手のひらの麻痺をいたんで、ぼくの目がウルウルにじんだ。

とうとつに書き出しすらもかけなくなり、一筆箋に日々の読書と雑感だけ手書きで記しおえたあと、「すみません」トースト、ジャム抜きで、と馴染みの喫茶店のひとにたのんだ。珈琲はのみおえてすでにカップの底が炭のようになっている。黒い粉が、ノンビリと潮流している。

手書きで漢字をかくと、いぜんにその漢字を手書きしたとおい記憶が呼び起こされる。具体的な出来事を帯びるようではない手つきの記憶は、それでも人間の記憶に他ならないだろう。ふだんパソコンにかきつける文章も、それが習慣になっているだけで、記憶の連続めいた運動であることには、かわりない。

ぼくの情緒は、キリキリとぜつぼうへむかっていた。書けない。それがなんなのか？　暮らしていけない？　それはそうなのかも。でも二十歳にとってそれがなんなのか。個個人の絶望なんて、物語にうまくパッケージングされたとしても、それはファンタジーにすぎない。ファンタジーでなにがわるい？　絶望にも生きざまにも脈絡なんてない。だからぼくは、あのときゴテッとした散文がかきたくなった。

潮里にあいたい。

だけど、決着をみない、半端にしか独占欲求のないぼくの、潮里にあいたいきもち、恋心ですらないかもしれないこの、純にあいたいきもちを、どう行動すればいいのか、わからなかった。あまりに単一的な欲求だから、それが潮里でなければならない衝動にも乏しく、だけどぼくのからだの内奥からせりあがる確信は潮里がいい、と叫んでいる。なんなのだ？　人間とは。欲望ですませられるなら、それがいちばんよかった。暴力ですませられるなら。

ぼくはかなしくてきたない。

考えられるすべての現象が潮里にむいていて、ぼく自身の肉体はそれになんとかついていってるけど、外部がなくてつらい。

「トーストです」

あ、のみものは？

「大丈夫です」

お金ないし……

「モーニングあつかいになるから」

サービスですよ、

「あ、じゃあ、ぜひ、ホットを」

ありがとうございます。

やり取りのあいだ、厚ぎりにされたふかふかの食パンの繊維のあいだにバターの溶けゆくながれ。

表面はサクサクしているが、ひと噛みすると中身の、白うさぎのような食感が混ざりあう。

血糖値が急上昇し、胃に血液があつまり、あたまの血がうすくなって、ぜつぼうが更にすすむ。口のなかの幸福感とリンクしない、わけしらぬぜつぼうが……。

バターの溶けきった食パンの表面に、あかい照明が反射していた。もくもくとパンをはむ。珈琲がくる。のむ。あたまがかーっとなった。

いなくなりたい。

それなのにたかまる、潮里にあいたいぼくの肉体って、すなわちなんなのだろう？　ものすごくピュアなおもいとして、潮里がオフである今夜、バイトにいきたくないという気もちはあったし、そうはいってもお金がほしい。付けあわせのリンゴとマスカットをたべる。酸っぱさがうれしかった。

衝動的にバイト先に電話をかけ、すいません、休みます、体調が、ちょっとアレで、と告げた。

「え、大丈夫？」

季節の変わり目はね……と店長は拍子抜けするほどぼくの意図を超越してやさしくて、「潮里ちゃんもひさびさのオフだから、呼び出さないであげて、じゃあぼくがいまから仮眠してナイトでるから」心配しないでゆっくり治しな、という。ふだんのまじめな勤務態度が奏功したのか、寺田くんの謎の権力が蔓延《はびこ》っているのか、よくわからなかった。

ぼくはそのあとも居てもたってもいられなくなり短絡的なチョイスで寺田くんに電話した。そうしたら、「いま部屋を空けられないから家においで」ぼくもきょうはオフやし、といわれ、住所を教えてもらいスマホの地図をたよりに自転車を三十分こぎこぎ寺田くんちにいった。

コートのしたで汗をかいた。ありがちなことだけれど、運動したらたいがいどうでもよくなってしまい、気分がかなり改善した。そうはいっても、鬱っぽいときには鬱を脱却する動機がないわけで、それがなかなか一般に理解されないくるしみだ。精神のふかい底に在るとき、そこから浮上する意欲もなければ、希望もないわけで、そこには能動も消極もない。存外に居心地のよいぜつぼうがそこにあるだけで。そこからぬけだすコツなんて、客観的にはたくさん知っているのであった。

寺田くんちはぼくが浅はかな想像で拵えた「豪邸」ではなく、外見はどこにでもあるワンルームマンションだった。しかしそのワンルームがとてつもなく広大だった。

エレベーターまでの施錠解除においてそっくりコピーしたような二度の「どうぞー」の声を潜り抜け、あらかじめ解錠されていたドアをあけたとき、その部屋の広大と寺田くんの小柄のためか、どこでもドアをとおった先みたいな違和感があった。サバンナめいた、視界いっぱいにも追いきれないほどのフローリングが、しかし平凡に広がっているにすぎないのだった。

寺田くんは、「いつぞやの一泊のお礼やし」ゆっくりしてって、と珈琲を淹れてくれて、豆から淹れてくれているらしい機械のガーという音とあいまってその香りがよりゆたかに感じられた。珈琲を淹れる手順のあいだ寺田くんはおなじ室内に設えられたキッチンに佇みこまごまとした作業をしているだけで、おなじ空間にいた。それなのに、声すらとどかないような遠近感を勝手にかんじているだけなのだった。

珈琲をひとくち啜り、で、と寺田くんはいった。

「どしたん？」

ぼくは、いまやだいぶ回復していたぜつぼうを捏造するような勢いで、「書けなくて」とこぼした。

「書けないこととは関係しない色んなことも、つらくおもえてしまって」

きつくて、つい、といった。寺田くんを騙しているような罪悪感がバイブスとなり、ぜつぼうの吐露にはうまく情感がこもっていた。たぶんほんもののぜつぼうを味わっていた一時間前より、よほど真に迫った声がでていた。

「そうやねんなぁ」

それは、ぼくにはわからんことやけど、でも、つらいんやろな、文学者はわりに早う死ぬし、歴史がそれを、証明してるしな、文学に傾倒してのちに、投身してもうたシューマンにも、おもいを馳せてしまうな……ま、ぼくでよかったら、ぜんぜん話きくし、力にはなれんかもしらんけど、と寺田くんはいった。

そうすると表面は感情をおもいだし、殊勝にもしくしくみたいな態度になった。ことば少なに、将来不安を語りこぼす。寺田くんがぼくをあたかも一人前の作家あつかいをして甘やかしてくれたので、予想以上にするすると、かけない不安が口をついた。そこに真実は薄くても、なにかを言語化できるよろこびは話すことも書くこともそうそう変わらない。そうこうしているうちに珈琲を二杯もらい、「なんかすっかり、長居してすいません」というと、「ええねん、ぼくも丁度ふられたばっかで、ひとりが微妙なきもちやったし」きてくれて、よかったかも、といった。

え。

「ふられたの？」

「ウン」

「チカたんに？」

「チカたん？」

そやけど、いったっけ、チカたんて、呼んどるけど……まあええわ、そ。

「許婚なのに？」

いうと、寺田くんはボロボロ泣いた。

「婚約解消の危機？ってやつや。うー」

「いってくれれば」

よかったのに。ぼくは申し訳ないきもち。ろくでもないぜつぼうを失恋したての友だちに、話し込んでしまうなんて。

「いかないの？」

名古屋。

いかへん。

「いってどうなるわけでもなさそうな感じやったしぃー」

寺田くんはフローリングにゴロッと横になり、腕で顔を覆い、うぎゃー、と吠えるように泣いた。ぼくは気まずかった。こうしてみると、異様に物のすくない部屋で、ふかふかしすぎていてソファーと呼べそうなほどのベルベット生地の座椅子に腰かけ、表面が硝子でつくられたこぢんまりとしたテーブルにしろいだけのシンプルな珈琲カップをならべ、あとはベッドがあるぐらいだった。泣いている。ひきつづき寺田くんは床で泣いている。座椅子をはみだして。たぶん、ぼくの想像だにしない収納に大量の本やらCDやらDVDやら服やら雑貨やらをおさめているのだろう。空きスペースを効率的に、隠れ収納を活かしましょう。

寺田くんは泣きながら、「いってもぉ」と、蹲ったまま喋りだした。

「修復可能な域なんやけどぉぉぉぉ」

こうしたことが度重なりますとぉ、いってもぼくだってぇ、たいへんつらいんですよぉ、近くでぇ、支えられませんしぃぃぃぃぃ、と、いった。

ぼくはちょっとしんみりしながらも、限りなく笑いだしそうだった。笑っていいのかもしれないなぁ、とおもいながらたちあがり、果しなくとおい道のりをあるいて窓辺へ寄る。いつしか陽が暮れていて、夜になっていて、星がまたたいていた。月はない。群青の空へ、走り、のぼってゆきたかった。そうすれば、つぎに地表にあらわれるときは名古屋で会えるかもしれないぼくら、まだ若いのだから。

それからもしばらく小説は書けず、書けようが書けまいがどうでもいい、どうでもいい小説が書けないところでどうでもいい、と自堕落な呻吟のしかたでベッドに横たわっていると、ノックの音がした。夕方。

「おうい」

あにきー、という。

「いないのかぁ」

弟だ。しばらく無視していると、携帯を鳴らされ、床でバイブする音が、アパートじゅうに鳴りわたった。

「いるじゃん」

ぼくはしかたなくドアをあけた。

「いるわ」

この時間はいるにきまってんだろ。

「機嫌わる」

「わるくないわ」

わるいじゃん。

弟は部屋に入りもしないうちに、「これ、おれの彼女」といい、求めてもいない写真をみせてきた。

ぼくはカーッと顔があつくなった。

「入っていい？」

弟はもう靴を脱ぎかけていた。

「……彼女って、同級生？」

「そう。いってもあいつ、あんま女子高生って感じでもないんだけどなあ」

あいつと呼んでいる！　バカ！

とぼくはおもった。心のなかが苦い汁でいっぱいだ。嫉妬を顔にださぬようつとめた。まぶしすぎて直視できていなかったスマホをまじまじみやる。いま弟が首につけているネックウォーマーと、まったくおなじものをつけている。

「へえ、かわいいね」

「かわいいけど、すげーおれのこと舐めてくるよ」

「舐めてくんの？　どこを」

「じゃなくて……。あにきは相かわらずだな」

「おまえ、何部だっけ」

「野球部」

「坊主にしなくていい系か」

「さいきん、そういうのはやってないよ」

「彼女とデートしてる？」

「部活が忙しくてしてないけど、毎日いっしょにかえってるよ」

「毎日？　会話弾んでる？」

「すごい、視界にひとがいなくなるたびに手を繫いじゃう。そうすると、会話がなくてもへいき。ふしぎだ」

「へえー」

「……」

「……」

バカが！　ノロケをノロケと指摘する気力も失せていた。すぐさまかえってほしかった。しばらく沈黙したので、ぼくはパソコンをいじり、音楽をながした。なんとなくうすあまい雰囲気になるのはいやだったので、エリック・ルーが一次予選で弾いたショパンのバラード四番をながした。エリック・ルーはあきらかにショパンの郷愁より、心痛にシンパシィを抱いている。エリック・ルーまだ十七歳、恋するショパンティーンの、フレッシュな恋情をうたった協奏曲 op.21、第二楽章アダージョの青年らしさもみてみたいが、ここはかれらしい燃えあがる煉獄のコーダをきくがよい。

「彼女とつきあって」

どれぐらい？

「えーと、四ヶ月ぐらい」

一ヶ月ぐらい前に、三ヶ月突破って投稿したから。

「投稿？」

「カップルアカウントに。動画も撮っちった」

それぞれの、四つぐらいのアカウント、もってるんで、といった。さまざまなアプリケーションの空間で、カップルアカウントなる共有の社会的地位が発生し、流行していることはしっていた。記念日やカップル特有の事件や連絡事項など、愛の誓いなど、またそれに附随する動画や写真やプリクラなどを、投稿するのである。そうしてインターネット上の人格を共有し、法人めいたレコード化をすすめて互いのおもいを揃えていくようである。それはどこか昭和的な愛の手つづきに似ていなくもない。

「いいなあ……」

感慨より先に、ぼくはつぶやいていた。

「じゃ、そろそろいくわ」

弟は十分もここにいなかったとおもう。なにしにきたんだ。

「おう。さっさとかえれ」

「あ、ラジカセ」

「それが目的だったのか」

「うん。欲しい。彼女がラジカセでaiko聞きたいっていうから」

ムッとしたあとでぼくは段ボールのなかに仕舞いっぱなしのラジカセを発掘し、

わたす。

「こんどこそじゃな」

またくるわ。

「くんなくんな」

くんなバカ。兄は孤独の最中だ。恋なんて、恋なんて……。ぼくは、なんとかして寺田くんとチカの仲を修復したい、修復してほしい、とおもいはじめていた。出すぎた真似だとはおもうけれど、積極的に関与したい。愛の修繕をみてぼくは、なにかを感じたい。しかし、どうしたらいいのかわからない……。夕方のつよい西陽を浴びながら寝た。


それから起きてバイトにいった。潮里は体調がわるそうで、ちょっと客が引けると控え室にいって横になった。そのうえものすごくディナーが混んだらしい。そういう日は寺田くんも遠慮してあまり控え室へいかない。

潮里はかんたんなキッチンオペレーションもこなせる。来店が集中したとき、フロアのピークはキッチンに先駆けるから、フロアがおちついたのちにキッチンにはいり、キッチンのピークを切り抜けてふたたびフロアに戻る瞬間もまれに訪れる。店長いがいでは潮里にしかこなせない役割なので、潮里の時給はぼくより七十円、寺田くんより三十円たかい。以前なんの気なしに寺田くんに、

「フロアには出ないの？」

と聞いたところ、

「ええねん」

庶民と話すの、めっちゃムズいし、と冗談とも本気ともつかないことをいっていた。

潮里の部屋にいってからは、ぼくと彼女の領域はちがう段階にはいってしまって、すこし緊張し、前ほどすべらかに話せなくなっていた。ぼくは潮里がおそろしい。愛について考えたりする。源元と潮里が仲よくしているぶんには、疼いたりしな

かった。弟とその彼女がお揃いのネックウォーマーで、手を繫いでいるようすが頭のなかでチカチカ灯る。ああいうのは、なんだろうか？　愛の何パーセントだろうか？

寺田くんはもくもくと作業している。容器のなかのソースを皿にうつし、洗浄にだしたり、油をかえたり、バーグ板を洗剤でながして表面を削ったり、いつも以上にナイト作業を丁寧に行っている。寺田くんの誠実なルーティンワークの背中に、かれの心痛をぼくはみる。

いぜん、「婚約者がいるのに、なんでモテてるの？」しかもチビなのに、とまではいわずにきくと、寺田くんは、「いや、ぼくには心にきめたひとがおってな……」ときりだしていかにぼくがチカをすきかっていうことを語るとなぜかモテんねん、といっていた。そんなチカとはまだ連絡がとれないらしい。気楽にあいにいける距離ならな、とつぶやき、「や、逆に……」したらこわくてもっとつらいかも、といっていた。

ぼくはレジのなかの釣銭を数えていた。小銭をコインカウンターにうつして目盛をみる作業はすきだ。レジラッシュをたんたんとさばくのもすきだから、小金がすきなのかもしれない。手のなかでお釣りをじゃらじゃら回し、客のてのひらにレシートを敷いて、そのうえにきれいに並べてわたす、その作業もすき。「トレイをつかいなさい」と店長には注意されるのだけど。実際のレジ閉めと定時点検は潮里がやるので、ぼくができるのは数えるまでだ。

潮里が腫れぼったい目蓋でやってきて、「どう—？」もろもろ、といった。

「なにも」

起きない、とぼくは応えた。

「なにも起きてないのね」

とりあえず、定時だけしにきたわ、あ、小銭数えといてくれたの？ ヒュ—だね、キミ、気が利くね、と潮里はよろこんでいた。

「ぼくは、潮里がよろこんでくれるならなんだってするよ、だけど、ぼくが行動することで潮里がよろこぶことはすくないでしょ、そこに下心を誤読する限りにおいて、いくらぼくが純粋だとしても、それを証明する運動を一拍要する時点ですでに純粋とは程とおいよね」

と、内心でブツブツ念じた。現実には、「よかったね」とつぶやいた。

潮里は、ぼくの顔をじっとみて、ユニフォームごしにぼくの胸をこねこねさわり、首すじに息を吹きかけたあと、そこをペロッとなめた。口をすぼめるかたちで吹かれた息のせいか、首の左側はつめたく、あまい感触だけが数秒間のこった。

「できるパートナーをもって」

わたしはうれしいよ。

「よかったね」

潮里がうれしくて、ぼくはよかったね。

という破綻した文法にあらわれる客観思考。それこそがぼくの愛だと叫びたかった。これがぼくにとっての愛なんだ！って。首をなめられてぼくはうれしくてかなしい。

　きょうの夜は野蛮に更けてゆく。

　朝のひかりを浴びつつ部屋に帰るとまた源元がいる。ぼくはウンザリした。ベッドに横たわっていて、寝ているのか起きているのかわからない。パソコンから執拗にショパコン。一見性別のわからないコンテスタントが、エチュードを弾いていた。

「おかえり」

　寝てた……と源元がいった。

「本選ちかいんだろ？」

　家で寝ろよ、とぼくはいった。

「ところがどっこい」

　寝られないんだ、家じゃ。源元はうつ伏せで布団に額をこすりつけていた。長時間の練習で疲れきっている。究極に近づくナーバスがときに穏当を装うことはわかる。けどいい加減うっとうしいのである。

「ぼくは潮里のことがすきなんだぜ」

あんまりだ、とぼくはいった。仕事と書かなくてもよい小説の書けなさとでつかれていた。朝の風が窓外の木をはげしく揺らしている。季節のにおいはかくじつに真冬へとかわりつつあった。源元は寝そべったまま「なるほど」といった。

「わかった。もうこないよ」

源元が去ろうとする。去らせたくはなかった。

「寝れたの?」

まだ六時半。

「三十分ぐらい、そろそろお前がかえってくるとおもうと」

ようやく寝れた。家にいたら練習しなきゃとおもってしまう、反復はもう充分した、だけど音楽に充分なんてのはない、またたちどまる、ピアノの圧倒的な物質性、そこに在る「モノ」感はすごい。さわれば音がでる。ひどい音楽でも、音は鳴る。

ピアノのそばでくらしていると、おれの音楽は腐っていくよ、ショパンゾンビが泣いてるよ、なんちゃって、源元は無表情で、ちょっとつかれただけだ、といった。

「わかったよ……」

もうちょっと寝てきなさいよ、といってぼくはお茶をいれた。寺田くんが「こないだは取り乱してすまんな」といって贈ってくれた、なんだか高そうなカモミールティのティーバッグ。ノンカフェインだから眠気にさわらない。源元はお茶をのみながら、「いってみるもんだなあ」妄言も、といった。

「こっちこそ、なんか、潮里のことをすきとかいうのは」

もう止めるよといった。飲み干して仰向けの源元の投げだされた手のひらを、マッサージした。

「でた」

マジカルハンドタッチ、源元はいう。音大時代、こわい先生のレッスンを控えた同級生の手を揉みほぐすのが、ちょっとした評判になった。「そっちの道」にいったほうがいい、とさえいわれた。なにに学んだわけでもない、ただ手のひらをぎゅっぎゅっと圧して離して、指のはらを潰して離して、をくり返しているだけなのだが。

はじまりは下心だった。ちょっとかわいい同級生が、レッスン室の前で泣いていて話をきくと、どうしても合わない先生の前でうまく指が回らないというので、「手、貸して」と冗談半分に握った手。涙につけこんでさわれた体温。

けど、ほんとにそのこの人間をすきで、かわいいとおもっていたから、できる、できる、弾ける、弾ける、きっと、弾ける、の祈りぐらいは込めて握っていた。そうしたらほんとに弾けたらしい。「あなたのマッサージのおかげ！」と笑顔がかわいくて、つい恋しそうになったその女のこは同性愛者だった。そのことをしって勝手に失恋した気もちになって、その日いらい、ぼくの手のひらには魔法がこもることを、反証されることのないまま、まだ現在を生きている。

五分もしないうちに源元は寝た。こんな才能のある手の神経を握るのは、ほんとはこわい。ぼくは、その祈りをことばに込める習慣が、いまは未熟なのだとわかった。世界をもっとよくみろ。自然をみて、芸術をみて、学問をみて、その関係性とじぶんのからだとの身体感覚さえ摑めれば、ぼくだけの詩情と文体の交通がみつけられるかも。

ピアニストが多ければ多いほど、楽譜自体が充実する。余計なピアニストなんてこの世にいない。楽譜とピアニストが交通し、音楽が生まれる。ぜんぶおなじではない。ぼくらは善き生活をしなければ。ぼくたちのからだが歴史をうむ。そうして楽譜は完成する。ぼくは小説をそのような関係性のうちに完成させたい。そんなものはないのかもしれないと疑いながらも、「ぼくだけの認識」をことばにうつしたい。そうして極めた個は、人間をふくめた自然全域によく似る。二世紀もの前、当時の「ショパンのビジョン」がいまの源元の演奏にて補完されるように。

源元の不眠を吸いあげてしまったかのごとくに眠気が消え去り、しかたなく読み途中の本をひらいて、ひたすらよみすすめた。

公園を、ずぶ濡れの犬がよこぎった。

ベンチに腰かけて、ぼくはそのようすをぼうと眺めていた。源元は本をよんでいたので、ずぶ濡れの犬をみずに、ずっとしたをむいていた。

源元は読み終わったのか、「ふう」つかれた、肩が、こるなあ、久々に読書すると、といって、首をまわした。風がふいて、砂が渦まいた。源元がおおきくうごくので、コート越しに肩と腕がぶつかって、ぼくはストレスを感じた。

「犬が」

よこぎったよ、ずぶ濡れの、さっき、とぼくがいうと、源元は「えっ！」と目をみひらき、しばらく黙っていたので、ぼくはイライラした。

「いまおれがよんでいた本のなかにも、でてきた」

ずぶ濡れの、鹿のはなし、といい、ひきつづきビックリしている。鹿と犬ではだいぶ違うし、それに、公園で横切った生き物をみたぼくの感覚は、ぜんぜん共有されていない、それなのにこんなにビックリできて、源元はいいなあ、とおもった。

おもうに、本を読むとはそういうことなんだろう。感じたものや、感じる濃度がひとそれぞれでも、伸びやかに活字を吸収する、態度はそれぞれにそこにあって、きゅうきゅうとした読書もおもしろいし、茫洋とした読書もおもしろいし、どうせ生きていればしぜんにつかれていく。

「おまえ、くさっているな」

ようし、旅だとう、といい、源元はぼくの手袋ごしに手をつかんだ。力づよく、皮膚を食い千切って骨ごと引っ張りだされるみたいだった。だって、まだどこにも旅だちたくないのに、ぼくは。


という書き出しを潮里にみせると、「また?」といわれた。ようやくのひさびさに書けた数行だったので、こころがビクついた。

「え、似てた?」

前のと、いや、またどこかへいけってことかな、とおもって、と潮里はいった。

「いいよ、べつに」

いかなくったって。なんで小説に書いたことを一部ならず実行しようとするんだよ、君たちは。

しかし潮里は聞かず、「もう」、などといい、

「最後にしてよ」

とため息。それきり小説にも旅にもふれずに、たんたんとナイト作業をすすめていった。

小説は、作者の無意識をあらわしているものだと、みんなおもうものだろうか？

ぼくはしずかにとまどいながら、吸い殻でいっぱいになっていたお客さんの灰皿を代えにいった。

「ここ」

なんじまで？

とウトウトしていたお客さんにきかれた。

二十四時間です。

そのときに、ついテーブルにひろげられたお客さんのノートをみてしまった。そこには、

……むかしむかしあるところに、
ではじまる文章が、いくつもいくつも書いてあった。童話作家なのだろうか？

それにしてもきょうび、むかしむかしではじまる昔話の新作に需要があるとはおもえない。趣味で昔話を書いている？

いろいろな疑問が渦巻いたままサービスエリアに戻ると、朝陽が昇りはじめた。

控え室から寺田くんがやってきて、「どこいこか」という。

「え」

いくの？　どこに？

「どこがいい？」

「どこもいかないよ」

いや。

「その選択肢はなしやで」

「なんで？」

「成立せんし」

「なにが？」

「人生」

なんでやねん!!とぼくは叫びたかった。代わりに、

「じゃあ」

名古屋だよ！

と叫んだ。

「え」

また？　潮里はいう。

「まただよ！　チカたんにあいにいくんだよ！」

本心ではもう、どこにもいきたくなかった。寺田くんはしずかに長考したあと、なにやら覚悟をきめたようす、「わかった、チケットとるで」といった。

ぼくは、あとは黙ってグラスやコーヒーカップを元の位置に戻す、心やすまる作業に没頭した。自分が書いた小説に行動を強制されるなら、こんな安らぐことはないのかも。自分の意志で未来を選択することに、あからさまにつかれてしまっていた。


「まじかよ〜」

きょうの夕方本番だぞ、おれ、朝まで練習してたのに、めずらしく、という源元に、潮里は「でも、きてくれるんだ」わざわざ、といってほほえんだ。寺田くんが「これしかないで」東京駅から食べるなら、というすき焼き弁当をくれて、グリーン車で食べるなり源元はぐうぐうねてしまった。

潮里の膝枕で、源元はねていた。きよらかに、夕方にはショパンのたましいをその肉体に招聘するコンテスタントが、休まっていた。

「はじめて」

失恋したきがするなあ、とぼくはいった。

何度もすきといった。けどこうして現象として目の前にある、潮里が怠そうに車窓の外を眺めていて、源元がそのひざにあたまを乗せて寝ている、寺田くんがぼくにもたれながら、うなされつつ眠っていて、うっすらと涙をながしている。両目からつうとはしる涙の線が、かわいた寺田くんの粉っぽい皮膚に水をまいた土のような道すじをつけている。

「なんて失恋っぽい」

光景なんだろう、ぼくは旅だちたくなんてなかったのに、というと、潮里は「まだいってる」いい加減、あきらめなよ、といって冷笑した。

「こんど、したげるから」

膝枕。

「バカいうな」

止めてくれよ、マジで、そんなことをいうのは、とぼくはいった。心がいちばん自由でない、そんな小説家志望はぼくだ。この旅に源元が必要だった理由がわかった。寺田くんをぼくのような目にあわせるわけにはいかない。

名古屋駅の桜通口を一歩でると、陽がさんさんとふりそそいでおり、遠くの景色までひとめにみわたせそうなほど視界が拓けていった。なにしろ短期間に二度の名古屋なのだから、ようやく景色をおぼえて描写するよゆうもあらわれた。

地下鉄東山線に乗り込まんと髙島屋の脇を大勢のひとのながれに揉まれてあるき、いざ階段をくだるべく地下にさしかかったとき、寺田くんがふとたちどまり、顎に手をあててなにやら黙考した。

「ぼく……」

ジュンク堂寄りたいな〜、といった。

「こんなときに？」

「でもおれもかっておきたい本が」

あったと源元はいい、「たまには」書店もね、と潮里がいい、ぼくはだまってついていった。

いかにもシティといったようすの大名古屋ビルヂングまえ交差点の長大な赤信号を待っていると、天から巨人に捩られたような形状のスパイラルタワーズが望め、たくさんの窓にひかりが乱反射していた。

「チカ」

どうして。寺田くんがいった。交差点の向こう側にチカが立っていた。まさにこの旅の主目的である邂逅をはやばや果たすと、まだ青信号になっていないのに寺田くんは駆けだした。

轢かれる！

と声にだしはしないものの、内心そう叫んだ。車が寺田くんの小さな肉体のすれすれを避け、その車を対向車がギリギリ避け、それを後続車がきわどく避け、ということを何度もくりかえして、奇跡的に寺田くんは無傷で交差点のほとんど向こう岸で、チカと抱きあっていた。我々三人、ぼくと潮里と源元は啞然とそのようすをながめていた。

依然寺田くんとチカは抱き合っている。現場はクラクションがファー、混乱をきわめていた。あからさまなクラッシュは起きていないが、見慣れない方向に折り畳まれた車体がもう寺田くんとチカをみえなくさせている。その場で信号を待っていた大勢は、いっしゅん呆然としたあと、あたりをキョロキョロみわたし、ドッキリやYouTuberのたぐいでないことを確認したあとで、「警察……」とつぶやくひと、なにかテキストを入力するひと、どこかに電話するひと、パシャパシャ撮るひと、とにかく目の前の驚きの表現はたいがいスマートフォンに媒介されていた。

「これは……」

逃げよう、どこかとおくに、と潮里がいって、ぼくたちは走りだした。駆けはじめてしばらくぼく、源元、潮里の順番にはげしい笑いの爆発が連鎖していって、ぼくら三人、からだを折り曲げながら、走るにも笑うにも集中できない情緒の頂点を、駆け抜けていた。

ひと駅ぶんぐらいを走ると、でたらめな体調になり、景色もとたんにくすんでみえなくなり、目についた喫茶店に入る。三人は笑いおえるとずいぶん真剣に走っていた。夜勤あけに全力疾走なんて、悪趣味にもほどがある。ボヤボヤとみえるタワー、あれがテレビ塔。冬にかく汗は首すじをいっしゅんでつめたくした。

あかいソファーにくつろぐと、徐々に視界は回復し、「はー、走った」おなかすいた、と潮里がいった。

そういわれた瞬間に、はげしい空腹にきがついた。胃液が口臭にまじっている。タバコの煙がもうもうとして、景色が白かった。ぼくと潮里は小倉トーストとカフェオレを頼んだ。

「本番の日は本番まで珈琲しかのまない」

おれきめてるから、といい、源元はタバコに火を点けた。しかし、という。

「あいつら、どうすんだろ」

このあと。

「寺田くん?」

なんとかなるんでしょ、大事故にならなくて、よかったね。

「大事故だろ」

「けどまあ、破壊とか怪我とかは起きてなさそうだったし」

「気楽だなあ」

いいけど、といい源元はとつぜんどこかへ電話をかけはじめた。

「あ、お忙しいところすいません。わたくし源元と申しまして、あ、ハイ。本日のコンクールの出場予定の者なのですが、竹内さまはいらっしゃいますでしょうか?」

しばらくの沈黙。

「あ、ご無沙汰しております。ええ、その件なのですけど、ちょっといま急にお腹がいたくなってきちゃって、……うーん、そうですかね。たぶん、ハイ、ハイ、そうかもしれないです、なので、ちょっとゲネプロをパスしたくて。ええ、わかってます。ええ、本番に集中します。申し訳ありません。オケの皆さまに、よろしくお伝えください。ご迷惑をおかけしてすいません。ハイ、ハイ……。ありがとうございます。全力を尽くします、ハイ、ハイではハイ、失礼いたしますー……」

そうして電話をきると、メールをポチポチ打ちはじめた。

「あそっか」

ゲネプロ。ファイナルは協奏曲だから、この時間指揮者とオケとの顔合わせ、リハーサルが行われるはずだ。それをドタキャンするなんて。いまさらながら、ことの重大さに気づいて啞然とする。いまは先生にゲネプロをキャンセルした旨メールしているらしい。

源元が「ふう」といってスマホをおくと、鬼電がかかってきた。連続する着信をみて、源元はスマホの電源をきった。

「あーあ」

狂うなあ、人生。とつぶやいた源元がどの程度真剣なのか、その声からは判断できなかった。

「いいじゃん」

コンクールなんていつもでてるんだし。

潮里が小倉トーストを咀嚼しながらいうと、「おいおい」と源元はタバコを消す。

「ファイナルまでいったのはひさびさなんだぞ」

潮里と源元が並んでいると、完璧なカップル感をかもしだしてぼくはきゅうにつらい。

レトロな食パンにたっぷりの餡とひとかけのバターがのったトーストを、ガツガツ食う。血糖値が急上昇し、からだがボロボロのぼくは人生にぜつぼうを感じはじめていた。現実にからだがおいていかれている。

「ひとりになりたい」

といい残して、喫茶店をでる。晴れ間がぼくを苛んだ。こんなすごい陽光に照らし出されたぼくの人生は、ことごとく恥ずかしい。

携帯が鳴った。画面をみる。

……新幹線のチケットとれたで。十三時に髙島屋のバウムクーヘン売り場に集合

とある。寺田くんからのメッセージで、寺田くんのトレードマークであるスマイルのスタンプがくっついていた。チカとの邂逅と交差点でのクラッシュは、どうなったのだろうか？　いずれにせよ、大事には至っていないことがスマイルの記号によって推測される。

あと一時間半。

情緒は底辺。観光ですらなく、ただ歩きまわる以外、人生をやり過ごす方法がみ

つからなかった。小倉トーストを消化せんと胃にあつまっている血液が分散すれば、希望のようなものもみつかるだろうか？　とりあえず、這っていくほどにゆっくりゆっくり、だらしなく、名古屋の広大すぎる三車線をあるいていた。すると携帯がふたたび鳴動、画面には源元の文字。でずにいると、すぐに再度コールがなされ、「うるせえよ」なんだよ、とでると、「まえにちょっと指導してくれてた先生にダメ元で電話したら近くの大学のピアノ借りられたから」ちょっくらオケパートを弾いてくれ、という。

「とてもそんな気分じゃない」

練習もしてないし、携帯電話にむかい泣きそうな声をだすと、「大丈夫大丈夫」楽譜とかぜんぶ、用意してくれてるし、駅から大学までめちゃくちゃ近いし、二台ピアノの練習室借りられたから、心配しないでいいよ。

「そういうことじゃねえよ」

バカ。おまえはなにもわかってない。ひとのきもちが、というと源元はなぜか電話越しに大爆笑していた。

「そんな、なんも、大袈裟だなあ」

ゲラゲラと。冗談じゃないんだよ。ずっとおもってた。いつもそうだ。どうせ才能があるヤツは、それにたいする他人のうっくつなんてこの世に存在することはしっているけれど、そういう邪悪さに往々にして邪魔されることが多いのもしっているけれど、わからないからほんとうにわからないんだ、しかたないんだ、かれらが悪いわけじゃない、通じあえないことはどうあっても通じあえず存在するんだ、だれもわるくない、わるいのは人間と人間の関係に附随するシステムのエラーなんだ、などと考えしたを向いてあるいていたらつまずいて転びかけた。慌てて左手をついて電話を投げだすと、源元の「じゃ、大学で待ってるから」信じてるから、というこえを耳がおぼえていた。電話を拾うと、左手首がいたんだ。おもいだした、ピアノをやっていたころとはあるきかたも違っている。あのころはちゃんと、指を守るよう、転ばないよう繊細にゆっくり、意識するでもない集中を伴って歩行していた。

新幹線の時間まであと一時間ちょっとだから、第三楽章までとおしで演奏してもギリギリ間に合うのだろう。

指定された大学の練習室で源元が「はやくはやく」といっている。潮里はいなかった。ぼくはなんの思想もこめる余裕もなく即座に、用意されたピアノにつき、用意された楽譜にしたがい第一主題を奏でた。ひどい演奏だ。源元がじとっとこちらをみているのがわかる。いまいちばん、よこにいるこの男のことがわからない。いつもいっしょにいても、わかるとおもったことなんてなかったけど、それとはまったくちがう次元で、わからない。おなじ人間とはおもえない。約四分の前奏を、とちりながらも気にせずとりあえず弾いた。源元に引き継ぐ、弦の旋律だけなんとか、神経をそそいで弾く。ピアニシモのときのほうが手首はいたんだ。痛みの神経がキリキリひきしぼられ、ようやく源元のソロパートに入ると、めざましく集中された源元の和音の移行が、耳に爆発するみたいにひびいてき、まるでワルシャワショパコンファイナリスト顔負けのアルペジオとトリルの高速、それでいて指はよく統制されてい、ペダリングにも思考がしっかり宿ってい、濁りのかけらもない。そこからぬくもりと厳しさの限りがこもった第二主題が弾かれて、ぼくはさーっとつめたい情感に手がふるえた。

こんなピアノをよこで、あと三十分も聞きながら、自分は自分でオケパートに没入するけど。

まるで人間もちがえば、宇宙もちがうし楽器もちがう。

おなじ条件を生きているとはおもえない時間が、演奏のなかを、天才が、目のまえを、一瞬ですぎさっていき、第三楽章のコーダまできっちり弾くと、「ありがとうな、やべえ、時間が」ギリギリかな?と源元はあっさりという。天才はどこにもいなくなり、ぼくらはいつもどおり、というより四十分の共演と普段との差異におい ていつも以上に源元の心がわかり、そうか、源元は天才なんかじゃない、一瞬天才を呼んで宿ることに、慣れた選ばれたからだをつくっている最中なんだ、とわかった。それ以外の時間はただの友だちにすぎない。孤独でもなければ狂気でもない、超越なんてなにもない。

ただの源元だ。

「間に合うよ」

きっと間に合う。ぼくがおちついていうと源元は底から安心したような顔で「間に合うならよかった」といった。

源元は潮里の膝枕に、寺田くんはチカと身を寄せあって、それぞれねむっていた。寺田くんとチカは体型がそっくりなので、お互いの体重を均等にわけあって、「人」の字のようになってねむっていた。

膝枕はともかく、チカと寺田くんのように不自然な姿勢で寝ているとき、ひとは半ば醒めているようで、じぶんがいまかかる状況にあって眠っているということを了解しながら夢をみつつもあるようで、なんとも心地よい。おなじ夢をわけあっているのかも。

ぼくは、新幹線の四人席を挟んでひとり隣の席に座り、しらない人々と帰路をわけあって座っていて、淋しい。人生のきびしさをかみしめている。

隣に座っているダン・タイ・ソン先生が、「ピアノを止めたことを、きちんと立ち止まって考えなさい。あなたの人生にとって巨大な、対話てきな、岐路を書きなさい。自分と向き合うということは、本来ことばにできない体験です。わたしは音楽とまっすぐに相対して、それでも完全に音楽と一体になるようなすばらしい瞬間は稀でした。ことばにできないことばは表現になるのでしょう？　あなたはそれをめざしなさい。もっと自分をしりなさい」といった。ははあ、これは夢だな、とぼくはおもった。夢と理解しつつ、心がどうしようもなく感動してしまって、「はい、先生」忘れません、とぼくは泣いた。覚悟を決めます。才能のない、愛のないぼくは、まだ孤独すらしりません。でもそのことすら、書いてしまいます。ぼくはほんとうにダメなヤツです。でも、覚悟だけはいつでもしておかないと、ひとはある日とつぜん、否応のない天才にまきこまれる、やもしれないのだから、それを宿すからだを、つかの間でも耐えうるからだを、生活をつくっていかないと、ですよね……

という書き出しをかいて、寺田くんにみせた。小説を書いているときには手首はいたまず、チカと潮里と源元はまだねむっている。チカは寺田くんの右肩に凭れたままで、ぼくは通路を挟んだ隣の寺田くんにスマホの画面をみせていた。

「はあ、どうも」

わからんね、と寺田くんはいった。しかしぼくはすこし満足していた。ダン・タイ・ソン先生がぼくをみつけだしてくれて、これからトニー・ヤンみたいになれるかもしれない未来を、夢うつつにおもいだしたのだった。ヤンのほうがぼくより四歳も年下だというのに。

「そういや事故」

だいじょうぶだったの？と、バタバタと慌てて新幹線に駆け込み、あまりの疲労に席に着いたとたん寝にはいってしまっていたから、まだなにも事情をしらなかった。事故のことも、チカのことも。

「大混乱になったから」

逃げてもうた、といい、寺田くんは青ざめた。とくに豪胆という性質ではない、寺田くんが赤信号に往き交う車に轢かれそうになりながら果たした抱擁は、愛のなせる奇跡だったのか？

まあ、赤福。

「食うたろ」

といい、ひと切れしろい場所の目だつお餅を食べてからぼくに赤福の箱をわたし、ヘラをわたし、ふたたびチカの肩に凭れた。赤福をひと区画割いては食べ、割いては食べする、ぼくの隣の乗客はダン・タイ・ソン先生に似ても似つかないお爺さんだ。

源元はコンクールの会場へ向かう新幹線のなか、浅いねむりのお伴として音楽をきいていた。

じぶんはもうショパンのゾンビになってしまっていたので、せめてショパンを離れたくおもい、しかしそれでも指は音楽プレーヤーからショパンの大家、サンソン・フランソワの弾くアルバムを選択してしまっていた。空腹のままアルコールをかっくらい、悲惨な演奏をおこなったあとカフェインをがぶのみし、ながい休憩ののちになんとか醒まして乗りきったとされるフランソワの放蕩は、しかし情熱のあまりでしかなく、本人の意志にて統御できるものではなかった。フランソワ本人はそのコンサートを、ふかい後悔のもと忘れられずにいたという。かれのアルコールや煙草の過剰に蝕まれた肉体も、四十六年で朽ちた。しかしフランソワのとくにショパンやラヴェルは、こんにちもいきいきと呼吸している。伝説もクレイジーも音楽の正直にたいしては、ひれ伏すことしかできない。

イヤフォンを耳に突っ込んだまま、フランソワの弾くベートーヴェンをきいた。ひとによっては「耐えがたい」とまでいわしめる、癖のつよすぎる『熱情』。歪な第一楽章のテンポ感。なぜその演奏をえらんでしまったのだろう？

もう死んでしまった芸術家の、じぶんの生まれていない時間に録音された音楽をきく。それはデータでしかないかもしれない。それでも、おもいが、魂めいた感情を描かせる。音楽で時間は繫がっているのだと、源元はおもう。しかし、それも感情でしかないのだろうか？

指がレガート／なめらかに、の指示を守ることで音が繫がるように、繫がっているのは歴史でなくその場その場の情感にすぎないのだろうか？

だれかの生きた時間とだれかの生きていない時間が繫がって……

さいごのかぼそき声をつたえられる音楽家に、おれはなりたい。

商業ピアニストとして、やっていけるかはわからない。というか、その希望は限りなく乏しい。だけど、楽譜に懸命に、音楽に、歴史に忠実に、声ならぬ声に誠実に、とりくんでいられれば、音楽は繋がるし、音楽家でいられるはずだ。すくなくとも楽譜と、聞いてくれるひとさえあれば。

フランソワの奔放な生と、ショパンの抑圧にまみれた生と、源元の〝いま／現在〟と、音楽をつくる過程のなかでだけ、つながってゆく。ピアノが鳴り、曲を曲として、音楽を音楽として認識してゆく人間の空間把持能力において、各人の時間も繋がってゆく。

そんな音楽をつくりたい。

源元はフランソワのピアノにあわせて指をもぞもぞさせながら、潮里の膝にあたまを預けつつ、意識の浅瀬にたゆたった。ピアニストとしての覚悟を、定めるべきめざめがやってくるのかも。

ぼくがホールのある新百合ヶ丘の駅に着くまでに書いた小説の書き出しをみせると、燕尾服に着替えながら、源元は眉間に皺をよせた。

「ばか」

そんな気はずかしいこと、おれがかんがえるか、あほ、と源元はいった。

「そのいきなりの多作はなんなんだ」

きもい、と吐き捨てる。しかし、はじめて源元がむきになったようにおもえたので、ぼくは内心うれしかった。こういうものがじぶんの文体なのかも、とおもった。ゴテッとした散文はかけなくても、ひとを焦らせ、いっぽうでよろこびを与えるような文章がかければぼくはうれしい。

ステージと控え室を結ぶ廊下で、潮里はカイロといっしょに源元の手を握った。寺田くんとチカは先に客席にいっていた。他のコンテスタントと、スタッフと先生たちがそこにはいたが、しずまりかえっている。うす暗いなかでも、ステージのビカッとしたあかいひかりを想像して、目を準備している。眩しさに動揺しないように。早朝名古屋、昼過ぎ東京、いま神奈川の疲労が、源元の手をつめたくさせていた。連日の不眠と、いうまでもなく、過度の緊張も。

「わたしは熱い」

カイロで手が、でも、源くんの手がいっこうにあったかくならない、と潮里はいった。

「なったよ」

なった、と、真っ黒な燕尾服で細ながくなった源元はいった。やさしい声だ。

「ショパンのゾンビだから」

これぐらいが、丁度いいんだ、といった。ぼくはスマホを握りしめたまま、茫洋とその光景をみている。ぼくのマジカルハンドマッサージの出る幕なし。

「しかしおまえ、本番前のコンテスタントに自分の習作をみせるだなんて」

とんでもない自己愛だな、でも、いいぞ、

「きっといけるよ、おれら、光の方向へ、いけるって」

おれは音楽の、お前は文学のひかりを浴びて、腐ろう。ゾンビになろう。生身のからだで〝いま／現在〟を生きるのは、あまりにもつらいわな。

「あったかくなった！」

源くんの手、と潮里がいうと、源元崇紘《たかひろ》さん出番です、どうぞ、とマネージャーに名を呼ばれ、源元はステージにむかった。

壇上にはピアノと指揮台を中心とした、豪奢なオケが準備されている。指揮者がほがらかに、オケがほがらかに、源元を迎えた。観客はきょう三回目の協奏曲に疲労がさして、拍手の音もこもりがちだった。ぼくと潮里は拍手の間に急いで客席へと走った。

ゲネプロを交えていないコンテスタントへの不安を、オケはいっさい表にださない。プロだから。しかしそんなプロフェッショナルな場を台無しにするような事件がつぎの瞬間にごくあっさりと起きた。

源元が、派手な音をあげて転んだ。

ちょうど第一ヴァイオリンの立って源元を見送っている、二歩ほど先、あと数歩で指揮者が迎え入れる、という地点だった。舞台の前端をあるいていた源元は、フラフラと足をもつれさせて倒れたので、危うく客席に転げおちるところだった。

観客は息をのんで沈黙し、舞台上は騒然となった。近くにいるヴァイオリンとビオラの面々は楽器を椅子におき、色めきたった。いちばん近くにいたコンマスが源元に歩み寄って助けおこした。随分おくれてようやく客席がザワつきはじめた。

すると、隣にいた寺田くんが、「ハハッ」という笑い声を漏らした。

「ハハッ、アハッ、ハハハーッ」

はー、おかし、アッハハーッ。演劇的な笑いだった。隣に座っていたチカもフ、フフ、おほほ……と笑った。

他にはだれも笑っていなかった。咎める視線が前方から、後方から、上方から、いっせいに寺田くんに集まった。ぼくも、その視線にくわわった。

そのときにぼくはおもった。

これは紛れもない現実。源元はこれから、約四十分ものショパンの巨大コンチェルトを弾くのだ。

隣に座る潮里をみた。目を瞑り、両手を組みあわせて額にくっつけ、祈っていた。

ショパンのゾンビ！

源くんをたすけて！

祈りのさなかに死者を幻視する。壇上の指揮者は、源元に「あなたはオーケーか？」ときいた。

「オーケーオーケー」

アイムオーライ、オフコース。

声はすさまじく澄みきり、会場じゅうにひびきわたった。ごく控えめにいって、異様な雰囲気になった。

ショパン・ピアノ協奏曲ホ短調 op.11

一八三〇年八月完成。同十月十一日ショパン自身の手により初演。《協奏曲》はもう完成したけれども、［僕は］まるで鍵盤の配列もまだ習っていない初心者のような状態。あまりに独創的すぎて、結果的に僕自身がマスターしきれなくなりそうだ。ピアニストがこの曲をショパンたらしめるまでにいたる、技術的懊悩は果てしないものだ。それで僕はどうするかって？　――来月x日に出発するが、〈ロンド〉（第三楽章のこと）も出来たので、まずは僕の《協奏曲》を試演しなければならない。一八三〇年九月二十二日水曜日にショパン家において管弦楽も参加し試演の後、これを公開で演奏するという決定が下され、次の月曜、つまり今月十一日、僕も出演することになった。そのこと自体は嬉しくない一方で、一般の評価も気になる。〈ロンド〉には皆感心してくれると思う。

急ぎ報告――昨日の僕の演奏会はうまくいった。ちっともあがらず、一人でいるときと同じように弾け、上々の首尾にて候との結果をうけ若きショパン二十歳、故郷をたつ。が、どこへ？　どこへ行くにしても、どうにも気が進まない。かといってワルシャワに居残るつもりもなく――結果、ワルシャワをでて音楽だけをたよりに、最近また僕のことを思い出してくれたので、それを利用しない手はないと思うウィーンへ、クラクフ経由で、きっと数週間以内には出発する。血も土も想念も、なにもおいてゆくことはできなかった。野心の脱け殻だけを故郷において、二度とは戻られない。

一昨日、氏は自邸にて、親しい人々やおよそワルシャワでも最高の音楽の名手や専門家諸氏を前に、管弦楽付きでその試演を行った。この新作に対する数々の賛辞はといえば、それはまさに「これは天才の作だ」という一言に尽きる。

ショパンにとって協奏曲の制作とは、若さと成熟を音楽において同等にきわめることだった。

第一楽章

オーケストラが奏でる、重厚な前奏。ピアノをむかえるまでに、約四分。コンテスタントはその時間を、いかにつかうのだろうか？　めいめいにオケをみたり、じっと目をつむったり、集中の儀式をこなしていくのちに、第一音をむかえるまでの四分は、我々の通常生きている時間のながれ、時間の感覚とはまるでべつのものだ。何百、何千、何万の視線にさらされても、すごす時間はひとりきりで、みられていることを忘れている。一瞬のかさなりが一秒になり、一秒のかさなりが二秒になり、というふうに乗算されない。源元は転倒のあとで全身に軸のとおっていない人形のようになってしまい、ぐにゃりとした背筋のままだらしなく、手を膝したにまでぶら下げて口をあけ、虚空をむいている。

とてもソリストのはりつめた緊張とはおもえない。

ぼくの手首のほうがいたんだ。源元はどこも傷めていないといい。代わりに転べるなら何度でも転びたかった。オケも観客も、四分の前奏のあとで、源元がまともなコンチェルトを演れるのか、疑っていた。不審が会場の空気を、ある種のゆるさに導く。懸命に奇跡を信じようと音楽をつくっている指揮棒がソリストの源元に目で合図して、オケはしばらくやすみ、源元のソロがはじまる。

弛緩したオケの前奏を切りさく源元の第一音は、完全に外れていた。

フォルテシモの和音ではじまるピアニストの第一音、ソリストとしてもっとも大事な音を、源元ははずした。ピアニストなら子どものころから何千何万とおさえている、ごく単純な和音だ。おそらく、右手の小指でおさえるべきEの音が、となりの鍵盤をかすってしまったのだろう。というより、ほとんど隣のD音に比重がかかってしまっていた。そうしてだれの耳にもわかる不協和音が、会場じゅうにひびきわたった。

ふきわたるダイヤモンドダスト。

源元は隠しようのない不協和音の第一音を、通常よりもずいぶんながめに放置した。その場にいる全員が、演奏を止めてしまうのでは？と危機をおぼえ始めた瞬間に、ようやく第二音につなげ、なんと不協和音を強引に（理論上）解決すべく、微妙に音を外してリズムだけ守りきり、現代的に調性をずらしつつ原曲への修正をはかった。ふつうに弾き直せばいいものを……だれしもがおもったはじめのフレーズのあとからは完璧なハーモニー。正確無比なタッチで重めにソロを奏で、第二主題の提示ではこまかいパッセージをキラキラと、クリアに鳴らすことで、なんとかオケが合流できるまでに通常の音楽を組みたてなおし、チェロは戸惑いを隠せないようでいてしかし平常の旋律を奏でだした。ここからどう建て直しても、源元の入賞はないだろう。運動神経は最初の不協和音と不自然な調性をどうやっても引きずってしまい、ミスタッチも散見された。展開部にきてようやく、源元の奏でるマジカルなスケールの駆け登りを契機に、圧倒的なクレシェンド、この子の指はつよい指だ！　音楽が安定しはじめた。ショパン音階の魔法を最大限、生まれなおさせる。ここへきて数多《あまた》の制約と即興的遊び心という相反するような要素の相互関係、自由の増幅されゆくソナタ形式のしんの夢をみた。あきらかな不調からの奇なる復活が音にも、会場にも、源元の表情からもうかがえた。コーダの冒頭では左手の高貴な装飾音の粒のひとつひとつがクリーンに鳴った。どのコンテスタントよりも張りつめたショパンが、そこから息を吹きかえすのだった。

新しい《協奏曲》の〈アダージョ〉はホ長調。力強いものである必要はなく、よりロマンス調で、おだやかで、メランコリックで、何百という好ましい追憶が脳裏に浮かぶ場所を見やったときのような、心地よい印象をもたらすようなものにしたい。――春のいい季節の、ただし月夜の、物思いのようなものだ。弓を引くような「渾身の」ディミヌエンド／だんだん弱く、ピアニシモの運指をクリティカルにひびかせる、心地よい風景にふくやわらかい風にこそ、ピアニストの神経がきりきり搾られる。繊細なペダリングで現出する、オケへの主題の橋渡しに、みえてはなくなる少年の日のあの叙情。さようならの連続。

フラッシュがはしって、すぐに忘れる。

しかしおもいだすことの運動においてはある、定着させることができない、一音をひびかせる、鍵盤をずっとおさえていても、音はいつしか消える。消えるはしからつぎの鍵盤をおさえて繋げてゆき、音楽を志向する、記憶もそのように運動している。ショパンがおもう、ワルシャワの自然、風、土、目に痛いほどの菜の花の黄色、暴力のきざし。源元の音のなかで、この会場にだけ生きるショパンをふくめたわれわれ二十年のノスタルジーが、ひとの一生のほんの残光を、チラチラとひからせて会場は泣いた。

第三楽章

はなやかなフィナーレへ一路つきすすむ、きわめて困難な演奏技術をひとつひとつとかさねてゆきながら。

人間の運動神経を超越し、あらたなマジカルを紡ぐ源元の舞踏的才能が、ここでもっとも発揮された。ソナタ形式の説得力やノスタルジー、風景の構築などより表にでてしまう、源元の過剰なリズム感。テンポルバートを多用せず、むしろ正統的な楽譜を鳴らしているのに、どうあっても浮上してしまう悪魔的舞踏性。

ぼくは統制できない涙をながし、泣くことでようやく自らの感動をしる。

源元の生涯を、明日からを、第三楽章の音の、躍動しすぎるきらめきのなかにしる。凝縮された源元の生命が、フィナーレをつくるかれの否応のないエンターティソメントのなかで、かがやきすぎる。指揮者もオケも、その華やかさについていけなくなってしまった。立体的といえば賛辞にきこえても、源元の指のはじく音の打楽器性が際だちすぎている。ゲネを経ていれば回避された違和感だろうか？　どうもそうおもえない。源元のリズムがここまで伸びやかに立ちあがるシーンは、いまだかつてみたことがなかった。名古屋での共演でも、ここまで舞踏をうたわなかったじゃないか！　源元のうたが、どこまでもきこえすぎる。ピアノという楽器が宿命的に抑えつけられている、楽器単体としての天才が発揮され、もはやオケは不純物だ。協奏曲のコミュ障は音楽として致命的。源元は協奏曲をソナタに編曲せん勢いのかぶりつき、捨て身のテンポで突進し、音が粒だつギリギリをリードするが、会場で聞いている側では打鍵がオケに埋まってキッチリと判別できない。ぼくはこういう人間の過剰なリズム感がすきだから、どうしても感情移入してしまう。さいごには感動とは似つかない涙に泣き暮れた。

最後の高音を奏でた右手の小指が跳ねあがる、オケが協奏曲の出口を綴じるラスト五音を待てずして、会場は立ちあがった。指揮者と抱きあい、コンマスと握手する源元の背筋はピンとのび、もはやゾンビではなくなっていた。いきいきとした歴史を奏でたあとの、生命力のある若いおとこの肉体に、戻っているのだった。そしてふりむくと、先ほど新幹線のなかで邂逅したのとは似ても似つかないダン・タイ・ソンがほほえんで、審査員席からひとり立ち上がって拍手をおくっているが、遠目からのせいか涙のせいかやけに若々しく、その姿はまるで二十歳みたいにみえなくもない。

われわれの見解は割れた。

「なんか、へたやったなあ」

最初の不協和音でビックリして醒めてもうたわ、というは寺田くん。

「え、出だしまちがってたの?」

ださーい、というは潮里。

「歴史的な名演にたちあった」

このような経験は、二度とない、というはぼく。

「お前らのせいだぞ、いきなり名古屋にいこうだなんて」

第二楽章はまあまあ弾けたけど、というは源元。

「第三楽章は？」

「え？　第三楽章？　いつもどおり」

フツー。

でも！　あれほど弾けるショピニストなんて、ポーランドにもロシアにも北米にもいやしないよ、世界のどこにだって……いい募るぼくに、「おまえはひとの演奏に、いや、人生に？」感情移入しすぎだなあ。

源元は入賞にもひっかからずおちたが、ステージ上で派手に転倒したこと、第一楽章はいまひとつだったが第二、第三楽章は圧倒的に弾けていたこと、本番の赤めの照明にも誤魔化せないほど顔色がわるく目がおち窪んでいたこと、第一音を奏でるまで「あしたのジョー……完。」、みたいな姿勢になっていたこと、弾き終えたたん晴れやかになったかがやきなどがSNSとコンクールの掲示板で拡散されていた。翌日川原を散歩していたときに、寺田くんは「くだらん」ゴシップの類いや、第二楽章のクリスタルなひびきをもってしても、第一楽章の不協和音、それ以上にしくったでだしのひびきに引きずられた、構造のまずさ、リズムとフレージングの崩壊はごまかせせん、第三楽章の全般は源元の拍感覚であって、クヤヴィアクのかけらもみいだせせん、といった。

チカは眩しげに、寺田くんの頬にあたる西陽、その皮膚がつややかに陽光を反射させるのを、うっとりとながめていた。

「寺田さま、お慕いもうしあげます、これからもずっと」

昼のひかり、わたしたちの未来をくじく昼のひかり、わたしたちには夜が似あう、だけれども、夜のしたではけして会われない、昼のひかり、真実をつまびらかに照らしてしまう昼のひかりが、いまほどいとしいときがあったでしょうか、寺田さま、わたしは永遠に、あなたを待っていて、これから先も、挫かれることはない、いつか夜と昼と朝のひかりを、ふたりで浴びられる日、まさしく生よりも死に似るようなそんな一日のことを、夢にみておうちにかえります、おわかりでしょうが、見おくりは不要、いつの日か添い遂げつづける誓いを交わす日まで、これ以上の越権行為はなさらぬよう、はなはだ僭越ながらかさねて願いもうしあげます。

といった。

その台詞の内容以上に、チカの声は異様だった。か細く、印象としてはモソモソはなしているのにもかかわらず、せつじつな悲鳴をえんえんときいているような、特別な声だった。きいているあいだにいいしれぬ感覚を持てあましていたぼくは、それが不安に似た感情だったことを、しばらくしてからようやくわかった。

「せやな」

したらば、またな。

そうして寺田くんとチカは、まるで男どうしがするように、右の拳と右の拳を合わせた。ふたりの拳のおおきさはそっくりおなじ。握った拳の人さし指、中指、くすり指、小指の関節の骨が、互いの窪みを埋めあった。

時間も空間もとまり空も土もうちゅうも川も、まるでないものみたいにふたりは丁寧に、その作業をおこなっていた。ぼくら、名もなき川原からチカが去るのをみおくった。


ある晴れた春の日に、ぼくらは空港にいた。まだ空気のぬくみにはややとおく、ひとびとの頬は暖房にあたためられてあかく点っている。

「ちょっと、しばらくモスクワにいってくる」

だいぶ気重だけど、と源元がいいだしたのは、ほんの半月前のことだった。

「へ?」

旅行?とぼくはのんきにかえした。源元がコンクールのあと謎の体調不良で二週間寝込んだあと、例によって、ぼくの部屋で、二〇一五年のショパンコンクールの

YouTubeをみていたときだった。源元はじぶんのショパンコンクールがおわったあとも、変わらぬ熱心さでそれをみている。

「や、前に日本でちょっと習ってたモスクワの先生に、こないだのコンクールのファイナルの動画リンクを送ったら、一ヶ月ぐらい返信なかったのに、モスクワにくる気はあるの？とかいきなしいわれて」

うーんってちょっと、考えたけど、ま、どちらかというといわゆるロシアピアニズム？に興味あったし、いくだけいってみようかなって。したら、やる気と金だけあるならきてもいい、っていわれて、まあコンサートとかもろもろの練習費用、鑑賞費とかを考えると学生にとっては向こうのほうが経済的だし、前にその先生のアドバイスで椅子の位置をかえて姿勢を改善してからだいぶさいごまでスタミナ保つようになったし、タッチの感覚もよくなったし、まあいっかな、って、ワルシャワショパコン入賞者がこぞって尊敬する、みんなだいすきグレゴリー・ソコロフもいっぱいいきたい。

「すごいじゃん」

どこまでいけるの？

「わかんない。デビューできるかな？」

おれたち。

その夜はぼくも小説の初稿を書きおえた直後だったので祝杯ムードになり、朝まででえんえん安酒で酔っ払った。

ぼくは、この冬で二百枚弱の小説をかきあげて、それを春に応募せんと推敲しているさいちゅうだった。書き捨てた書き出しの要素をところどころいかしたものの、自分ではよくわからないものになった、けど、「いいやん」この原稿、と寺田くんがいったから、いいような気がしてきていた。すこしずつ季節もやらかくなって。

寺田くんはひとあし先に「遊学で」ヨーロッパに旅だったので、時間があったらどこかで源元とあうかもしれぬという。

空港で、潮里はいつもどおり、かわらぬようすでそこにいた。

「つぎは、ラフマニノフゾンビになるの？」

源くん、といってからからと笑っていた。

「ストラヴィンスキーのほうがいいなあ」

ゾンビになるなら、と源元。

「プロコフィエフがみたいなあ」

とぼく。そのような会話を交わしている最中に、荷物検査。

「またなー」

すぐかえってくるかもしれんけど、とたんたんとゲートをくぐったあとで、潮里とふたりきりになれて、ぼくはドキドキ。

「あのさ……」

すると、どこからかけたたましい音量でブザーがブー。

空港が騒然としているなかで、気がついたらゲート内へ消えたはずの源元が潮里を抱きしめていて、ぼくは唖然とする。

「どうする？」

おれたち。

潮里の耳元で囁く源元。ぼくは、寺田くんとチカの件でだいぶドラマチックに耐性がついていてよかった。空港スタッフをふくんだ周囲はハラハラと、ふたりを引き剝がしていいものかピュアに困っている。これは、いったいなんのテロリストなんだ？

「まあ、一応」

待つけど、といって、潮里は、「すきだから」源くんのこと、という。

しかしハグをといたあとで、ぼくの手をぎゅっと握り、涙をこぼしながら、にこやかに、手をふった。源元は空港スタッフに羽交い締めにされた。くやしそうに、それでもすがすがしく笑い、係員にスプリングコートの背中を摑まれ、引きずられるようにどこかへきえていった。

「源くん、ぶじに」

出国できるかな、とこぼしながら、潮里はぼくの手を離さない。手から感情はつたわる。けっきょく、ふたりきりになった。

「そんなふうにしたら」

まだまだ恋しちゃうんだけどなぁ、とぼく。潮里のひくい体温がきよらかにうれしい。

「そういうのは、かんぜんに自由だから」

ひとそれぞれだから、と笑う潮里。涙のあとが頰のうぶ毛をひからせている。

ぼくらはデッキにたち、源元がぶじに搭乗できたのなら乗っているであろう、モスクワ行きの飛行機の腹をまじまじみあげていた。雲が濃い。春の昼。

「きみ、髪のびたね」

切ってあげようか？

「よろこんで」

のばしたかいがあるなあ。

「たかいね」

空。

「うん」

たかいね、空。

引用文献

『サンソン・フランソワ　ピアノの詩人』ジャン・ロワ、遠山菜穂美／伊藤制子訳（ヤマハミュージックメディア　二〇〇一）
『ショパンに愛されたピアニスト　ダン・タイ・ソン物語』伊熊よし子（ヤマハミュージックメディア　二〇〇三）
『ピアニストが語る！　現代の世界的ピアニストたちとの対話』焦元溥、森岡葉訳（アルファベータブックス　二〇一四）
『ショパン全書簡　1816〜1831年　ポーランド時代』ゾフィア・ヘルマン／ズビグニェフ・スコヴロン／ハンナ・ヴルブレフスカ＝ストラウス編、関口時正／重川真紀／平岩理恵／西田諭子訳（岩波書店　二〇一二）

初出　「新潮」二〇一九年四月号

町屋 良平　まちや・りょうへい

1983年生まれ。2016年『青が破れる』で第53回文藝賞を受賞。2019年『1R1分34秒』で第160回芥川賞受賞。他の著書に『しき』、『ぼくはきっとやさしい』、『愛が嫌い』がある。

ショパンゾンビ・コンテスタント

発行　2019年10月30日

著者　町《まち》屋《や》良《りょう》平《へい》

発行者　佐藤隆信

発行所　株式会社新潮社

〒162-8711 東京都新宿区矢来町71

電話 編集部 03-3266-5411

読者係 03-3266-5111

https://www.shinchosha.co.jp

印刷所　大日本印刷株式会社

製本所　大口製本印刷株式会社

乱丁・落丁本は、ご面倒ですが小社読者係宛お送り下さい。

送料小社負担にてお取替えいたします。

価格はカバーに表示してあります。

ISBN978-4-10-352272-0　C0093